KB104164

가로수 마네킹

국립중앙도서관 출판예정도서목록(CIP)

가로수 마네킹 : 강서연 시집 / 지은이: 강서연. ─ 대전 :
지혜 : 애지, 2017
    p. ;   cm. ─ (지혜사랑 ; 182)

ISBN 979-11-5728-256-2 03810 : ₩9000

한국 현대시[韓國現代詩]

811.7-KDC6
895.715-DDC23   CIP2017030089

지혜사랑 182

가로수 마네킹

강서연

지혜

시인의 말

나무의 몸을 빌렸다.
여기 거친 시구들은 톱질의 흔적이다.
갈피마다 새 소리, 바람 소리, 별이 식는 소리…
이것은 나무의 통증이다.
내 이기적인 문장으로나마
한 그루 나무에 조문을 표하는 바이다.

2017년
강서연

차례

2부

3부

4부

• 일러두기
　한 연이 첫 번째 행에서 시작될 때는 > 로 표시합니다.

1부

길에서 주웠다

섬진강변을 따라 걷는 산책길
콘크리트 바닥에 떨어진 고라니 발자국을 주웠다
구슬은 빠져나가고 틀만 남은 브로치
강과 들녘의 풍경을 여미고 있는 이것은
길이라는 순한 눈동자의 흔적이다
질주를 탁본한 천연 주얼리이다

바람이 몸을 깎아 브로치 빈 틀에 넣어보는 오후
소나기라도 한차례 내리고 나면
머무른 고라니 발자국에도
넘칠 듯 그렁거리는 에메랄드빛 보석 알알이 박혀 들겠다
세상의 길이란 길은 모두 둥근 기울기로 흘러
개망초도 강아지풀도 둥그런 발등으로
구례의 서쪽 끝까지 걸어가겠다

자작나무의 소유권

그 숲에 가보고서야 알았다
살아있는 나무도 쓰러진 나무도 모두 자작나무여서
나무가 가리키는 허공도 자작나무의 소유라는 것을
돌멩이도 새소리도 눈발처럼 희어서
누군가 나무껍질을 네모반듯하게 오려놓고 떠나간 이후
나무의 문이 자꾸 열리기도 한다는 것을

그 숲에 가보고서야 알았다
길도 나무에 닿으면 저절로 몸이 휜다는 것을
바람이 앉았다가 금방 일어선 의자도 모두 자작나무여서
가만히 서서 견디는 것과
숲을 저만치 걸어 나가는 것과
자작자작 계곡물 데우는 것들이
한때는 젖을 끌어 올리던 흰 호스였다는 것을

봄눈이 그치고 자작나무 숲에 가보고서야 알았다
누군가 노래를 부르며 지나간 발자국마다 풀꽃이 피어나고
나무가 솟구치는 속도로 허공이 깊어진다는 것을
잔가지 하나 꺾꽂이하듯 당신도 오래 서 있다 보면
그 숲에 뿌리내릴 수 있어서
그림자도 저리 환한 등으로 눕는다는 것을

수박밭 시퀀스

한 치의 오차도 없는 수박밭 자동제어
햇볕에 달궈진 납땜인두로 꼼꼼하게 전선을 잇는다
복잡한 회로일수록 골마다 불이 밝다는데
오랜 가뭄 끝에 단비 내리고 나면
바람이 스치고 지나간 접점마다 스파크가 튄다

불씨 닿은 곳 어김없이 부풀어 오르는 비상점멸등
누구든지 고압의 전등에 칼을 대는 순간
쩍 벌어지는 불빛에 감전된다
검게 탄 수박씨는 갈증의 지점을 표시해 놓은 비상구였다

단물로 켜놓은 긴 복도를 따라가면
수박 넝쿨 하루에 수십 리씩 자라고
밭이랑에 빈 막걸리 병이 퓨즈처럼 꽂혀 있다
커다란 전등을 비틀어 끄는 분주한 발자국 소리
한낮 폭염은 눈부신 쇼트다

수명 다한 전선은 더 이상 피가 돌지 않는다
흙에 콘센트를 꽂고 있던 수박 넝쿨을 잡아당기면
여름 내내 피뢰침으로 서 있던 나무 한 그루
감전에서 풀린 듯 바르르 몸을 떤다

>

이제 초록빛 전선은 맘 놓고 낡아갈 것이다
허공에 접지된 길로 황급히 가을이 오는지
밤하늘 상시등 하나 몹시도 환한 불을 켠다

벌레집에 세 들다

백아산 골짜기 송이버섯 같은 집 한 채
갓 지붕 너머 낮달에서는 짙은 놋그릇 냄새
녹음이 벽지를 겹쳐 바른 이곳이 애초 벌레들의 집이었
다니
그들은 날개가 있고 나는 없으니
그들에게 있는 것이 내게는 없었으니
무엇을 담보로 한 계절 묵어갈까 궁리하고 있는데
도랑물 수시로 쌀 씻어 안치는 소리에 문득
내가 당신을 이토록 사랑했었다니, 견딜 수 없이 배가 고
파온다

초저녁 비는 자귀꽃잎 사이사이를 적시고
벌레 먹은 배춧잎에 쌀밥 얹고 된장 한 숟갈 얹으면
그러니까 내가 사랑했던 당신을 데리고
붉은 지네 한 마리 기어 나온다
누가 이 늦은 밤에 싸릿대 질끈 묶어 마당을 쓰는가
잊어야 산다 잊어야 산다 뻐꾸기도 잠든 밤

주민세와 인터넷 사용료는 내가 낼 테니
전기세는 반딧불이와 정산하시게나
흙 속 어디에 길이 있어 마당을 저리 촘촘 가로지르는지
재산세는 망초바랭이명아주쇠뜨기괴싱아 푸른 잎으로

받으시고
　　그도 저도 난감하면 이장님 같은 산 그림자에 물리시게
　　소득세니 물세는 저 들이 알아서 내지 않겠는가
　　주세도 내가 낼 테니 이리 와서 술이나 한 잔 받으시게
　　밤마다 날은 새고, 청개구리들 빈 신발 떠메고 어디까지
가려는지

　　우리 수일 밤을 그리 동침했으니
　　도란도란 슬어놓은 알들이 깨어 날 찾거든
　　칠월 한낮 우주의 가마솥이 펄펄 끓어 넘쳐서
　　이번 생은 그냥 지나가는 길이니
　　애써 설명할 필요 없을 것이네

지진에 대한 몇 가지 생각

저기 높은 건물들은
흙의 정수리에 박힌 못일지도 모른다

못 속에 칸칸 금을 그어
가구를 들여놓고 아이를 낳고 다시 못 안으로 출근하는
사람들은
내려친 망치 자국 같은 가마를 이고 산다

그리하여 밤이면 어둠에 제 높이 벗어주고
스스로 흔들려 서로의 어깨에 손을 얹는 것이다

안개의 질감이 딱딱해지는 날이면
못 위로 올라간 사람들의 신발은 방향을 잃는다
허공을 향해 날개를 펴는 속도로

흙의 지퍼가 열리고
못과 몸의 간격이 어긋날 때 그들은 만났을까

나무들은 몸속에 그렇게 많은 계단을 두고도
서둘러 꼭대기를 오르지 않는다

수수가 망을 썼다

저것은 가을을 부르는 그림엽서
바람의 초대장이다
허공을 젓는 저 필기체의 날갯짓
마침내 가장무도회의 필사본이다
수수의 콧노래에 어깨 들썩이는 들녘
우표 속으로 새를 불러 모은다

입 안 가득 구름을 몰고 온 한 무리의 새 떼
안부를 묻는 수숫대의 몸짓이 공손하다
새의 부리는 자루처럼 열려있고
내 망막이 발효되는 시간은 온통 가을이다

노을 번지는 서쪽 하늘
빈 쭉정이만 남은 수수 모가지 위로
배부른 새 떼 날아오른다
풍경의 표지는 신간이다

떡갈나무 우체통

당신이 보내준 전기 회로도에는 구름마크가 너무 많아
눅눅한 외투 속에는 양 떼가 모여 살지
아침은 햇볕을 훔치는 일
나는 셀프주유소에서 주유를 하지
말가죽을 뒤집어쓴 자동차를 타고
두 번의 좌회전과 한 번의 유턴은 내 오래된 습관
노골적인 생활패턴이지
슬픈 노래들은 유효기간이 짧아서 다행이야
떡갈나무 우체통에 메일이 도착했어
압축파일에 왜 풍선을 달아 놓은 거야?
딱따구리가 자꾸 더블클릭하잖아
서두르지 마, 도토리는 패스트푸드가 아니야
점심에 먹은 떡갈잎은 단풍이 너무 짙어
입안에 들어가면 왜 앓는 소리가 나는 거지?
흐린 목요일 오후 세시
갈피마다 나무가 자라는 서류를 펼치고 들어가
회전의자를 신나게 돌려보는 거야
컴퓨터 바탕화면에 옮겨 심은 구절초는 시들지 않아
시월이 놓친 바람은 북한산 백운대를 넘어
지리산 피아골을 향하고 있어
설계도를 배낭에 넣은 당신은 어디에서 길을 잃은 걸까
메일을 여는 순간 가을비가 내리기 시작했어

우산도 없는데 싸리 꽃무늬 팬티가 다 젖어버렸잖아

우리 퇴근길에 해당화 열매 따러 갈래?

신발주차장

아파트 현관에는 시동 꺼진 신발들이 주차해있다
가지런히 벗어놓은 신발들 사이
남편의 신발은 과적으로 차체가 기울어 있다
구조조정으로 고층 빌딩에서 추락한 이후
트럭 가득 과일을 싣고
좁은 골목을 누비고 다니는 남편의 타이거표 신발
세상을 향해 느리게 걸어가는 화살표 같다

'과일 사세요'라는 말이 그렇게 부끄러웠다는 남편
외마디 소리에 통증이 섞여 나왔다
작은 흠집에도 쉽게 짓무르는 사과처럼
얼마나 더 깊이 도려내어야 신음이 노래가 되는지
가늠할 수조차 없이 막막하던 때가 있었다

무수한 울음이 촘촘하게 박음질된 송아지 가죽 신발은 내
것이다
결혼기념일 날 남편에게 선물 받은 최신형 중형 세단
몇 해 전 유방암으로 왼쪽 가슴을 도려내고부터
삶이 한쪽으로만 쏠리는 나를 간신히 싣고 다니는 자동차
동창회나 계모임에만 끌고 다녀서 그런지 입만 열면 허
세 일색이다

>

　밤마다 집안으로 따라 들어온 길들이 모여 있는 우리 집 현관에는

　기울어진 남편의 신발과 내 신발

　그리고 그 기울기를 고여 주는 아이들의 신발이 주차해 있다

　어두운 밤에도 길을 잃지 말라고

　서로를 향해 이정표가 되어주는 나침반들이 살고 있다

길 위의 길

다 버리고 떠나고 싶은 날
담양참사랑병원 지나 용대리 넘어가는 길
누가 이 대로에 넥타이를 벗어 던져놓았을까

얼마나 생이 홀맺어 지긋지긋했으면
긴 고삐 풀어 뱀을 키웠을까

배롱나무 흰 가지마다 꽃불 놓아 활활 타오르는데
느리게 중앙선을 가로질러
구불구불 제 꼬리를 끌고 가는 팔월 한낮

산국 여인숙

남자와 두 번째 만나 산국을 따러 갔다
37번 국도변 가파른 산비탈
남자는 왜 하필 경사진 꽃방을 얻었을까
준비도 없이 와락 꽃내가 올라탄다
발목 핥던 풀잎들은 서둘러 길을 지우고
꽃대는 비탈을 딛고 기울대로 기울어있다
방마다 문틈 사이로 새어 나오는 벌들의 신음 소리
꽃술 벌어질 때마다 좋아? 좋아! 좋아,
립스틱 묻은 노란 휴지를 뽑아 던지고 있다
비밀번호를 잃어버린 우리의 방
열쇠구멍에 산국을 꽂아 넣자 자르르 문이 열린다
우리는 서로 어색했지만 모르는 척했다
집으로 돌아가는 길을 영영 잊어버리고 싶었다

'중고차 굴러만 가도 삽니다'
플래카드가 내려다보이는 아파트 베란다
따뜻한 물 위에 띄워놓은 산국 여인숙
찻잔 그림자 길게 몸을 늘여 기웃거리는 해질녘
꽃향기에 데인 상처마다 산국이 활짝 피어있다

풋사과 바이러스

태풍 너구리는 소용돌이 탯줄을 끊고 태어났다
피 묻은 바람이 안고 품어서 그런지
번뜩이는 맹수의 눈을 닮았다
컴퓨터로 복제한 유모의 젖이 늘 모자란 탓에
우렛소리 빗소리 번갈아 꽂은 막대과자를 물고 자랐다
허기진 궁리는 죄처럼 깊어져
하늘에 붙은 알사탕 하나 삼켰을 뿐인데
물먹은 길들이 흙의 매듭을 풀고 달아나는 것이다
닻을 내리고 항해 중인 도시의 옥상들
침몰과 아멘의 속도를 믿는 십자가는 완고하다

야생의 이빨에 발뒤꿈치 물린 가로수들 자지러진다
까르륵 흔들리는 것이 저리 신나는 일인지
나조차 내 맘대로 펼치지 못한 돛이 있다
늑골을 딛고 자란 한 그루 사과나무
도저하게 매달린 쓴 열매는 삶의 바이러스였다
살아있다와 살아간다의 차이를 오가던 암센터 복도에서
투명한 면벽에 들었던 적도 있다
너구리 우리에 갇혀 허공을 할퀴는 수상한 빗금
저것은 혼자 외로운 너구리의 모국어다
사이버 공간으로 굴러 떨어진 풋사과의 통증
낙과의 필사적인 방향으로 혀가 휜다

>
　　빛을 갉아먹은 서쪽은 흔들림을 기억하는 맛의 취향
　　너구리 모피를 두른 바람이 속보의 덫을 찢고 달아났다
　　푸른 눈동자를 잃어버린 사과나무에게
　　아삭, 저녁이 옮긴 귓속말은 위험하다
　　과수원 밖에는 돌아온 노아의 방주
　　녹슬어가는 갑판 밑이 유난히 소란스럽다
　　손가락을 물고 놓지 않는 누군가
　　벌레 먹은 사과에 더블클릭을 시도하자
　　죽은 사과나무가 다시 부팅되기 시작한다

새들의 저작권

표절 시비에 놓인 여가수의 목젖을 따라가면
팽팽하게 잡아당겼다가 놓친 새들의 하강선이 보인다
공중을 떠도는 한 줄 후렴구
가수의 입안에 탁란을 시도한 지저귐까지
슬그머니 음원차트에 올려놓은 여가수가 수상하다

오선의 전깃줄에 내려앉은 악보에는 도돌이표가 많다
태양이 하루에 한 장씩 CD를 굽는 것이므로
그 희소성에 몸 단 사람들은
거리에서조차 이어폰 꽂고 음악을 훔쳐 듣는다

하늘 향해 일제히 고음의 바이브레이션을 날리는 새소리는
사실, 바람을 리메이크한 것이다
바람에 저작권을 주기 위해
새들은 몸 받들어 공중을 응시하는 것이다
어딘가를 향해 날아간다는 것은
모두의 화음에 귀 기울이는 일

도시를 끌고 가던 새가
뚝, 끊어졌다
그녀의 허리춤에 탄력 있는 새 한 줄 날고 있다
목젖을 긋고 날아가는 저, 가지런한 음표들

우리도 새들에게 저작권을 주기 위해 서로 몸 부딪는 것
이다

소매물도 분교

교실은 오래전에 수업이 끝났다

동박새 한 마리 앉아있다 날아간 운동장
녹슨 시소 혼자 기울어져 있다
마른풀들은 서로 부둥켜 서걱거리고
동백나무 가지마다 꽃은 피어 시들고 있다
붉은 눈발 날린다

하루에 한 뼘씩 늙어가는 등대섬 그림자
교감 선생님처럼 길게 뒷짐 지고 내려와
운동장을 한 바퀴 둘러보고 가면
어느새 동백 꽃잎 내 몸에 귀 대고 육지를 엿듣는다
떠나간 아이들 소식 들을 수 있을까

국어책 속에서 고삐가 풀렸는지
염소 세 마리 마을로 내려가고 있다
파도소리에 모서리가 닳은 운동장
섬 귀퉁이에서 쓸쓸한 화음을 내는 소매물도 분교

덤 and 덤

우리 동네 목욕탕에 때밀이 기계가 들어왔다
동전만 먹는 식성 탓에 번번이 송곳니가 닳는 때수건
먹은 만큼만 게워내는 그의 노동에는 에누리가 없다
슬픔을 모르는 표정으로
몸 구석구석을 닦아내는 손놀림이 노련하다
문득, 이 많은 물은 어디에서 흘러왔는가
수심 깊은 지하 암반수를 끌어왔다는데
가쁜 호흡으로 둥둥 떠다니는 저것들이 나는 왜

살진 물고기들이 차고 놀던 기저귀처럼 보이는가

툭하면 머리끄덩이 잡고 쌈질하던 때밀이 아줌마
이제 다시 볼 수 없는 것인가
아슬아슬 가린 부분만 더없이 소중하다는 듯
때 밀고 속내까지 덤으로 밀어주던 아줌마
목욕탕을 나가 마늘 까는 공장에 취직했다는데
거기도 알몸 만지는 것은 매 한가지지만
말캉거리고 뜨거운 것이 마늘에는 없었으니
사람이 사람 좋아하는 것에 무슨 이유가 있겠는가

지렁이 농사

매듭도 없이
지렁이가 밭을 꿰매고 있다
느리게 몸 밀어 올려 감침질하면
덧대어 이은 솔기마다
묵은 콩잎 돋아난다

밭 자락 끝단에 접혀 있는 아버지
지렁이가 누벼놓은 이불 속에서
몇 해가 지나도 강낭콩 하나 맺지 못하고
뿌리 깊은 잡초들만 키우고 있다
어쩐 일인지 어머니 자궁 속에는

시고 맵고 떫은맛 나는 씨감자가 자라고 있다
뿌리째 뽑아내어도 번번이 밑이 드는 탓에
그 곱던 생산지의 원단이 누더기가 되었다
씨받이로 굴러 와 영영 눌러앉은 돌멩이
걷어챈 상처마다 흉터가 깊었는지

제비꽃 빽빽하게 수를 놓아도 가려지지 않는다
아끼던 밭 내내 묵혔다가
지렁이에게 소작 내준 어머니
올해의 수확은 벌레 알 두 되

풀씨 서너 말

해마다 농번기가 되면 빗줄기 꿰어
일몰의 짧은 천을 덧대는 지렁이는
어머니가 숨겨놓은 호미 날
더 자라야 할 흙의 일렁임이다

개복숭아

가당치도 않다. 내 몸에 근두암종병*이라니

팽팽하게 잡아당기던 길을 놓친 영산강 기슭
내 비록 귀한 몸은 아니었으나
풀숲에서 홀로 태어나 흙의 젖을 물고자란 개복숭아
어디 함부로 혹을 매달아 나를 성가시게 하는가

나를 유년의 강가로 데려가다오
나이테의 둥근 문을 밀고 들어가면
끝없이 피어오르던 물안개
뱀이 지나가고 풀꽃이 수시로 몸을 뒤집던 그곳
골마다 복사꽃 흐드러지게 피어
서슴없이 옷고름 풀어주던 푸른 강둑으로 나를 데려가 다오

벌레 한 마리도 배불리 먹이지 못하는 열매
누가 내 몸을 낱낱이 훔쳐 가다오
매단 것 없이 홀로 있게 해다오
저 묵은 강줄기를 끌어다 내 가슴 도려낸 상처에 접붙여
다오
내년 이맘때쯤 새살 돋듯 은빛 잉어 몰려와
몸서리치며 꼬리 흔들며 굽어 흐르게 해다오

* 나무의 근두와 뿌리에 혹이 생겨서 말라죽게 하는 병.

꽃들의 사생활

누구라도 불러내어 술 한 잔하고 싶은 밤
온종일 양산 팔던 해바라기는 차마 불러내지 못하고
꽃송이 후끈 달아오른 덩굴장미
담벼락에 올라타 질펀하게 놀아볼 판이라고 거절한다
능소화가 선풍기처럼 돌아가는 골목
문득 생각난 어머니
빨래하느라 양손에 찔레꽃 거품 묻었다고
대신 전화 받는 전봇대가 새아버지만 같아

아무라도 불러내어 술 한 잔하고 싶은 밤
좀 이르다 싶었지만 코스모스에 전화를 한다
되돌아갈 길 멀어서 풀벌레 편에 엽서 한 장 띄우마
미안하다는 말조차 후덥지근하다
카나리아 섬에서 왔다는 마아가렛은
모국어밖에 몰라서 억새꽃이 통역을 해줘야 한다
술에 약한 억새꽃이 먼저 취해 쓰러지기라도 하면
우리는 서로의 모국어를 바쁘게 옮겨 심어야 한다
나는 다만 술 한 잔하고 싶었을 뿐인데

긴긴 여름밤 월경하듯
저리 활활 타오르지만 않았어도

구멍들

알밤을 깨물다가 아뿔사, 벌레를 씹었다
밤이 품어 키운 유순한 회오리
딱, 끊어지면서 오히려 환하다
반 토막 난 몸뚱이가 입안에서 꿈틀
이 느닷없는 살생을 뱉을 것인가 어쩔 것인가
왜 하필이면 저 깊은 어둠 속에 나사를 조여 놓았을까
그렇지 밤꽃이 열리는 통로일지도 몰라
단단하게 조이지 않으면 수시로 꽃내가 흘러나와
청설모고 다람쥐도 축축이 젖어 밤잠을 설칠지도 몰라
동녘을 야무지게 조여야 아침이 오고
가을이 느슨하게 헐거워져야 황급히 첫눈이 내리듯
구멍이란 본디 들끓어 넘치는 것이어서 내가
처음 세상에 나오던 그곳도 사시사철 밤꽃이 만개했었지

　낮술에 벌겋게 달아오른 중년 남자가 꿈틀꿈틀 지하방으
로 나사를 조이고 있다 움츠리고 앉아서 하나에 십오 원짜
리 라이터돌을 박던 여자의 몸에도 곧 밤꽃이 만개하겠다

2부

가로수 마네킹

란제리도 망사스타킹도 액세서리도
색 바랜 바바리코트도 한데 뒤엉켜있던 가판대
가을 정기세일을 마치고
실오라기 하나 걸치지 않은 알몸의 마네킹들이 서 있다
가로등 불빛이 훤하게 조명을 비추는 쇼윈도
은행나무의 옹이가 생식기처럼 열려 있다
저 깊은 생산의 늪에 슬그머니 발을 넣어보는 저녁
어둠이 황급히 제 몸을 재단해 커튼을 친다

첫눈이 내린다
칼바람을 따라가며 천을 박는 발자국들
재봉틀 소리에 맞춰 나무의 몸속에서도 바람개비가 돌아
간다
길도 불빛도 사람들도
왕십리 돼지껍데기집 화덕 위에 불판으로 모여든다
올해의 유행은 몸에 딱 달라붙는 레깅스 패션
마지막 단추까지 꼼꼼하게 채운 새들은 어디까지 갔을까
오래 서 있어서 아픈 플라타너스 무릎에
가만히 손을 얹는 홑겹의 흰 눈발

씨사이드 모텔

늦가을 외포리 조개구이집
수족관 옆 진열대 위에 신축 모텔이 세워졌다
무너질 듯 위태로운 조개 빌딩
방마다 문고리 걸어 잠그고 정사라도 나누는지
노크해도 기척이 없다

포구의 지는 해가 불씨 일으키는 서쪽
아랫목이 따뜻해진 그 집 여자 슬그머니 문을 연다
실오라기 하나 걸치지 않은 맨몸이 부끄러운지
천천히 천천히 혀를 끌어다 덮는다

끝끝내 문 열어주지 않는 애인의 집
출렁, 담을 넘어 들어가면
그녀는 보이지 않고 갯벌만 가득하다
빈집으로 찾아든 저 캄캄한 바다
뱃전에 부딪힌 울음도 잠시 들러 쉬어갔을 그곳

나도 물 빠진 갯벌에 방 한 칸 얻고 싶다
괭이갈매기 부리가 노크해도 기척하지 않을
창문 하나 없는 그 방에 들어
한 세월 내내 몸 포개어 사랑하고 싶다

코를 놓치다

이른 아침 산책길은 구정뜨개질 자습서 같다
축축이 젖은 책장은 잘 넘어가지 않고
밤새 코를 주워 뜨개질한 거미들 고단한지 미동이 없다
겉뜨기안뜨기사슬뜨기고무뜨기꽈배기뜨기두번감아긴
뜨기공굴리기
주렁주렁 이슬 꿰어 장식한 망사 레이스

전봇대에서부터 쇠뜨기 바랭이 개망초 강아지풀을 거쳐
도랑 건너 장독대 대추나무 처마 밑까지 이어놓은 거미
줄로
집집마다 텔레비전이 나오고 샛별에 불이 들어온다
저쪽과 이쪽을 잇는 것은 기도하듯 오래 바라보는 것
그리하여 멀리 가도 길을 잃지 않는 것이다

우렁이가 알을 낳아 꽃보다 더 환한 살을 키우는 무논에는
푸른 벼이삭마다 식탁보를 깔았다
밥이 되려면 아직 멀었는데 미리 와서 자리 잡은 9월
삐걱거리는 식탁 다리에 낮달을 깨뜨려 고이면
함부로 차린 밥상 하나 없는 것이다

바람 불면 거미줄도 같이 넘어가는 책장
햇볕이 구슬을 다 걷어가기 전에

스스로 코를 놓아 올 풀기 시작하는 뜨개질 법
메어놓은 염소는 줄이 저리 길어서
책속에 풀이란 풀은 다 뜯어먹을 기세인데
개구리 한 마리 풀썩, 책갈피로 뛰어든다

어느 협회의 가입 상담

이제라도 이렇다 할 협회에 가입하여
볕이 들지 않는 행간의 가시밭을 함께 걷고 싶었다
밤새 앓은 단어의 환부를 들춰 그들에게 보여주고
철철 피 흘리는 상처를 동여맬 때 밝아오는 동녘
그 주홍빛 서정에 대하여 이야기하고 싶었다
술잔을 돌아나가던 은유의 물살과
돌멩이처럼 부딪치는 내포된 의미를 변명하고
본질을 외면한 신음 베끼는 방법과
스스로 황홀경에 빠져 소통을 낯설게 하는
굳은살 박인 밤을 빗대고 싶었다
망각을 열다가 알약이 쏟아지는 일은 접어두고라도
우체국 벽에 걸린 거미줄은 시가 아니라는 그들과

전화를 바꿔 받은 협회 회장은 대뜸 이름부터 묻는다
왜 하필이면 이름이 궁금한 것인가
내 이력의 호기심을 그렇게 함축하려는 심사일까
이름이 저 들에 눕는 풀잎이면 어떻고
풋살구의 짧은 낮잠이면 어떻고
새들의 차디찬 빈손이면 또 어떤가
끊임없이 길을 묻은 검정 비닐봉지의 한숨이건
갓 깨어난 애벌레의 느린 걸음이라도 상관없지 않겠는가
나는 목련으로 기운 배냇저고리를 입고 자랐고

네루다와 괴테의 수사로 자위행위하며 사춘기를 견뎠다
담배연기의 뒷골목에서 남자를 만나
열정을 도려내는 일로 젊음을 탕진한
살로 빚은 뜨거운 통증인 것을, 회원여러분
늦은 묘사는 피우는 일보다 꽃 지는 일이 다급하여

자주감자

여자의 죽음이 발견된 것은
소독약을 치기 위해 벨을 눌렀을 때였다
몰래 죽음을 옮기려다 인기척에 놀란 바퀴벌레들
썩은 물이 하수구를 찾지 못하고 수평으로 기울었지만
여자의 시선은 시종일관 주방 창문에 꽂혀 있었다
자주감자같이 온몸이 멍든 주검
나는 오늘 아침에도 엘리베이터 안에서 그녀를 본 것 같다
질질 슬리퍼 끌고 아파트 정원을 빠져나가던 여자
그녀가 비집고 들어간 벽의 틈은 타클라마칸 붉은 사막
이었다

모래언덕에 묻힌 사막여우의 떼죽음
그 침몰을 오래 들여다보고 있으면 나도 죽었다

비닐봉지 안에서 꿈틀, 감자 싹이 돋아났다
죽음으로부터 얼마나 안간힘을 썼으면
저 작은 주먹으로 피멍든 독을 품었을까
웃자란 감자넝쿨이 주방 창문을 넘어 골목을 배회한다
어둠을 찢고 기어 나온 더운 모래바람
내 의식의 뒤편, 지워진 발자국 중의 하나는 가벼운 직립
이다
바퀴벌레가 핥고 뜯어먹은 저녁

자주색 낙타를 끌고 물가로 간 여자
방금 왼쪽으로 고개 돌렸던 넌 누구니?

끼리끼리 논다는 말

　수협공판장에서 종일 오징어 배를 가르는 내 친구 말희
　내장은 내장끼리 입은 입끼리 눈은 눈끼리 모아야 돈이
된다는데
　해파리 속에 숨어 화투짝만 헛손질하던 남편은
　갯벌 빈 구멍마다 물새알 슬어놓고 떠난 여자들을 찾아
나섰다
　곰삭은오이지멸치볶음뱅어포조림미나리나물된장국에
상추쌈까지
　끼리끼리 키들키들, 말희는 따로 논다
　궂은 날이면 술에 취해 삽자루 들고 매질하던 남편
　그녀는 어디에도 낄 곳이 없어서, 우주선은 우주선끼리
　하우스는 하우스끼리 구멍은 구멍끼리 모여 값을 치른다

　초저녁부터 새벽녘까지 오징어로 고리를 만드는 내 친
구 말희
　바닷속 같은 시장 골목에는 생선이나 사람이나 술에 취해
찰방거리는데
　필사인 듯 필생인 듯 볶고 삶고 지지고 튀겨진 사슬은
　그녀를 가두기 위한 형틀이었는지도 모른다
　집어등 특사로 바다에서 풀려난 동틀 무렵
　집으로 향하는 길이 가두리 양식장 같다는 내 친구
　텅텅 울음 울어줄 공명통이 그녀에게는 없었는지

물에 불은 두 손을 저으면 도마 위에 누워 있는 것이다
내장에서 기어 나온 어린 게들이
관 덮개 같은 지느러미를 밟고 지나간다

개미와 에스프레소

흘린 밥알을 끌고 개미는 급하다
저보다 큰 식사를 모시고 가는 노동에
햇살이 잠깐 비껴뜬다
무성한 잡초들이 언덕을 키우는 골목
토끼풀꽃 같은 카페가 생겼다
축! 개업, 노란나비 리본이 서로 포개져 나풀거리는
풀 향기 위층은 무당집 꿀벌에게 세놓고
등받이 없는 초록 의자마다 거미들이 해먹을 걸었다

사람은 앉을 곳 없는 카페
키 작은 주인 여자가 마당에 파라솔을 펼치면
새소리만 들어와 하염없이 앉아있다 간다
오래전에 풀어놓은 토끼들은 모두 어디로 갔을까
바짝 귀를 세운 흰토끼 한 마리
카푸치노 거품 위에 깡충 올라앉았으면

찔레꽃 흐드러진 머리카락 땅에 닿을 듯
굼실굼실 허리 접힌 개미 한 마리
유모차 가득 밥알 싣고 언덕을 올라온다
파라솔 그늘에서 잠시 쉬어가겠다던 할머니
한나절 내내 졸다가 자릿세라며
"제일 싼 놈으로다 하나 주쇼, 에에 거 뭐시냐, 에서푹쉬"

바람이 얼른 받아 시원하게 통역한다
얼음물 단숨에 비워낸 빈 그릇이 덩그렇다

전기공의 하루

낯설어도 비웃지는 마라
이래봬도 드라이버를 든 여의사다
철야를 일삼아 난치성 줄기세포를 연구하듯
암나사와 수나사 사이 뜨거운 골을 맞춰
기계의 심장에 가는 핏줄을 심는 심혈관계 전문의다

기름때 묻은 작업복 입고 회진하듯 한 바퀴 둘러보면
작업대 위 전자부품들 공손히 반색하는
대형 선풍기가 쉴 새 없이 돌아가는 아파트형 공장
메스와 바늘 대신 드라이버와 인두를 든 전기공의 하루

주파수가 맞지 않는 라디오에서는
가을 태풍 소식이 지지직, 한몫의 소음을 더한다
사과나무에 전구가 모두 나갔다든지
전봇대가 부러져 마을에 피가 돌지 않는다든지
가로수가 쓰러지면서 새들의 아랫목이 헐렸다든지

음악 소리에 척척 감기는 빗줄기 이어
피 한 방울 묻히지 않고 무사히 수술을 마쳤다
마취에서 깨어나자 휴, 숨을 몰아쉬는 쇳덩어리들
심장이 뛰고 피가 돈다. 순식간에 몸이 달아오른다

\>

바닥에 수북이 쌓인 폐전선을 밟고 태풍이 지나간 저녁
어두운 곳부터 익어가는 수은등 뒷면
헐거워진 밤하늘을 드라이버로 힘껏 조이면
환하게 불을 켜는 꼬마전구들

당신, 정조준하십니까

천장은 지금 세계지도를 그리는 중이다
러시아를 지나 중국 국경을 넘어
네팔 카트만두에 도착한 마블링
사원이라도 세우고 있는지 삐져나온 탑이 들쑥날쑥하다
인도 명상가의 보따리 같은 얼룩에서 멈칫
기도 시간을 알리는 종소리
울려 퍼진다. 꽃이 피어나듯
방언이 터지고 둑이 무너진다
망망대해에 몸이 뒤집힌 바퀴벌레
태평양을 건너가고 있다. 앗! 캘리포니아 캘리포니아
켄터키프라이드치킨
떠밀려온 명상가의 보따리 안에서 갯벌이 기어 나온다
저 많은 숨구멍이 명상의 힘이라니
어둠 속에 오래 움츠리다 보면
흐르지 못하는 날들의 간격도 축축이 젖어드는 것인가
날개를 지우고
남극의 펭귄들은 모두 어디로 갔을까
대서양의 돌고래는 안녕하신가

낡은 하수관이 지구를 넓히고 있다
동녘을 향해 노 저어가는 여기는 보르네오 뗏목 위

자전거는 두 바퀴로 풍경을 본다

그러나 누가 벚나무의 질주를 주동했을까
지난밤 위험한 문장의 받침처럼 빠져나간 자전거 바퀴
그것은 자전거의 사소한 불행일 뿐
벚나무는 가랑이 사이에 바퀴를 굴려 어디까지 갔다 왔
을까
저에게도 고립을 버리고 떠나고 싶은 날들이 왜 없었겠
는가
곡성역 광장에는 노란 잎 택시들이 웅성거린다

새로 보수한 보도블록 밑에는 갈증의 헤게모니들
지상의 가지마다 이산의 족보가 낡음낡음하다
끝없이 나이테를 굴려도 닿을 수 없는 곳
제 몸의 감시자가 나무에만 있는 것은 아니다
내리막길에 슬며시 손을 놓은 핸들이 그렇고
밤낮없이 돌아가는 하늘의 CCTV가 그런 것인데
하물며 뜨거운 내가 당신을 사랑하지 못할 이유는 없다

택시기사들이 장난삼아 신겨준 둥근 신발 한 짝
나무들이 다녀온 그곳으로 떠나기 위해
지구 밖을 막 벗어나려는 순간, 하찮아도 사랑이다

너무 활짝 피어서 미안하다

바람 부는 날은 누가 내 가슴을 건드려다오
비 내리는 날은 누가 내 명치를 갈겨다오
바람이 꽃잎을 거칠게 다루듯이
빗줄기가 허리띠 풀어 늑골을 후려치듯이 휘어 감듯이
바람 불고 비 내리는 날은
내 젖은 속살을 낱낱이 핥아다오
나는 한철 격정을 꿈꾸는 덩굴장미

햇살이 벽을 타고 오르는 한낮
내 친구 미자가 걸어온다 소아마비 앓은 다리 휘적휘적
저으며
뇌성마비 지체장애 어린 딸을 휠체어에 태우고
덩굴장미 꽃그늘 아래 멈춰 서 있다
꽃을 꺾어 딸의 머리에 꽂아 놓고
가시 찔린 손가락을 빠는 저 입안에서도
덩굴장미 화들짝 만개하겠다
미자야, 부르지 못하고 먼 길로 돌아가려는데
그르렁그르렁 꺼어꺽 어린것 웃음소리 담벼락을 타고 오
른다
아이의 몸이 장미 덩굴처럼 뒤틀리고 요동칠 때마다
붉은 꽃송이 무덕무덕 대답하는 봄날

>

비 개인 날은 누가 나를 뜨겁게 달궈다오
내 욕정의 더운피를 담벼락에 덧칠해놓고 불을 댕기듯이
그 불길이 서쪽하늘에 옮겨 붙듯이
누가 내 가슴의 빗장을 활짝 열어다오

길에서 못 줍다

가만있어도 더워서 환장허겄는디
뭔 지랄 났다고 이 염천에 자전거 질이다냐
밑구녕 다 헐어서 굳은살 백혀뿔면
부처 같은 김 서방도 줄행랑 쳐 버릴낀디
쓰잘때기없이 여수가 무신 여수질이라도 혔간디야
암만, 곡성에서 여수꺼정이 망치 몽뎅이 끄터리도 아니고
참멀로 가시네가 점잖게 늙어야 쓰는디
오살헐 놈의 날씨는 왜 이렇게 덥다냐
쏘내기라도 한바탕 퍼부섰으면 쓰것고만
뭐시라 쌌냐, 뭔 놈의 시가 길 가생이에 떨어져 있간디
고걸 줍것다고 거꺼정 간다고 염병헌다냐
배창시 터져 디져뿐 배암 껍질보고 기겁허지나 말고
차조심허고야 지발 몸땡이 좀 애끼라
그랴, 산도 웃통 버서부치고 뛰어들고 자픈
시퍼런 여수바다 보믄 속은 씨원허겄다
껄적지근혔던 것들 깨깟이 씻고 오니라
벌써 여수여야, 잔차발통에 모타 달었는갑다잉
긍게말여 거그도 별들이 하루살이 떼처럼 풀썩거리지
야?
상경헐 때는 꼭 무궁화호 열차타고 오니라
아따, 기왕지사 갔으니께 향일암은 보고와야제
하룻밤 객지 신세 짓터라도 고래 뱃속 거튼 절간에 들러

오도카니 서 있다 보믄 워디 막막하지 않은 것이 있간디야
암만혀도 가시내를 고구마 밭에서 심근 것이 발단이랑께
어쩌케나 보채쌌는지 맘대로 해부쇼 했더만
그것이 그로코롬 역마살 드러부렀으까잉

워메 어쩌야쓰까이
삼복더위에 미친년 널뛰듯이 쏘댕기더만
시는 못 줍고야 가랭이에 못만 백혀 왔다고라
매칼읎이 튕겨나와 사람 성가시게 헐깜시
자껏, 참멀로 지랄헌다

모란향기

모란이 짙게 피어 있다
한 번쯤 들춰보고 싶은 치마 속
옷자락마다 글썽이는 유리창을 달았다
벌레 한 마리 노크하다가 와락, 갇혀버린
또르르 굴러 떨어진 깨진 창틈으로
돌멩이도 발꿈치를 드는 이른 아침
대청호가 덩달아 신났다
물속 여인숙마다 아랫도리 빳빳해진 물고기들
물결 비틀어 문고리 잠그는 소리
찢어진 속옷처럼 모란 꽃잎 호수 위에 떠 있다

내 몸에도 한때 모란이 만개했다
처음 세상을 향해 치마 속을 내보일 때
불모지에 뿌리내린 향기는 창을 여는 휘파람 같았다
붉은 꽃씨 하나 둘 지상에 떨어뜨릴 때마다
응애, 첫 울음 울던 날이었던가
꽃과 나와의 거리가 때로는 너무 멀어서
꽃잎 흔들려도 하늘에 등불 하나 걸어두고 태연했다
내 몸은 모란 한 송이 떠받드는 꽃대일 뿐
아무래도 걸어서는 너에게 갈 수가 없을 것 같아
불현듯 뜨겁게 끓어오르다가
시들면 다소곳이 흙이 되는 꽃

폐염전, 그곳

소래습지에는 싸륵싸륵 적막을 더듬는 소리
소금을 말리던 햇볕이 수평선을 잡아당기는 소리
소라게 빈집으로 찾아든 마른기침 소리들이 모여 산다

뱃길은 오래전에 지워지고
바람이 일궈놓은 갈대의 터전에는
대파에 긁힌 상처에서 자라난 함초들
마디마디 붉은 땀을 고아 내고 있다
눈물로 기울기를 버티는 수차와
땅속 깊은 곳에서 게워내는 바다의 신음 소리 한 삽 퍼올
리면
가을볕에 그을린 염전 사내들의 숨소리 들릴 듯
바다를 향해 천천히 무릎 꿇는 소금 창고와
그의 애인 같은 해당화가 곱게 피어 있다

머지않아 겨울이 오면
소금 같은 싸락눈 소복이 쌓아놓고
떠나간 새들의 이름을 하나씩 불러본다는 그곳

버려진 자명종을 바라보는 법

분리배출 자루에 버려진 자명종
신음으로 간신히 목숨을 늘이고 있다
멈춤과 찰나의 간격이 저리 가깝고도 먼 것인지
평생을 갈림길에서 서성이다가

이제야 길을 찾은 오후 두시 무렵
파르르 떨고 있다고 더 살고 싶은 것은 아니다
단잠을 베어내던 그 서슬 퍼런 혈기는 어디로 갔는지

때로는 삶에서 영원히 눈 뜨고 싶지 않은 날조차
날카로운 채찍으로 후려쳐 일출의 바깥으로 내몰던 말발
굽 소리
아득한 꿈속에서 끌려 나온 늙은 마부는
이제 더 이상 꿈을 향해 말을 몰지 않는다

그러나 누가
저 시간의 등을 열고 피 묻은 심장을 꺼내 줄 수 있겠는가
그의 노동과 수고를 그만 멈추게 하겠는가
일상과 일탈이 무너진 곳에서
무덤과 소멸의 엉킨 경계를 확연히 분리할 수 있겠는가
나를 너무 뜨겁게 낳아 준 이여

뿌리의 비상

노숙하는 햇볕이 그늘을 끌어 덮는 숲 속
태풍에 쓰러져 말라가는 나무뿌리
빛의 고리를 물고 날아갈 듯 깃을 세운다
그 새, 새장에 가두고 싶어

톱날을 갖다 대자 움칠
잘려나간 몸통 하나만큼 숲이 헐렁하다
심장박동이 멈추기 전에
솟대를 세우고

바람의 동맥을 끌어 이어주자
접힌 날개 부근이 서서히 따뜻해 온다
창가에 뿌리내린 솟대 위의 새
흙의 젖을 물고 자란 배냇짓인가

결을 고른 칼자국마다 보송보송 숲이 비친다
시곗바늘 소리 모이처럼 바닥에 떨어져 쌓이면
식구들 안부 속에 뜨거운 알 슬어놓고
창밖으로 포르르 날아가는 새

누군가 방아쇠를 당겼다
불발이다
아, 저 달

모하비 사막*을 상기하다

채찍비 달려드는 청산도에 와보니 알겠다
유년의 창가에서 날려 보낸 색종이비행기
산 넘고 바다 건너 모두 이 섬에 착륙해 있었으니
돌아올 비행기 생각이 골똘하여 이리 속히 자랐을까
얼마나 먼 길을 편 날개 접지 않고 왔기에
네 기둥과 대들보가 극진히 떠받들고 있다
사람과 아궁이를 위해 처마 내어주고
날개 아래 가족을 품은 마음에 끝없이 길이 닿는다
돌담도 경운기도 벼 포기도 빗줄기에 낯을 씻고 있는 섬
마을
늙은 우체부처럼 비에 젖은 자전거를 타고
집집마다 안부를 묻듯이 오래도록 바라본다

문득 사막에 묻힌 비행기들의 시체를 떠올린다
두꺼운 굉음을 끌고 허공에서 쏟아지던 포화
고철덩어리들의 비명은 가파른 낙장이었다
모서리만 보면 각을 잡아 날리던 시절은 쉽게 싫증나고
멈추지 않고는 견딜 수 없어서 딱딱하게 이엉 얹은 종이
비행기
새들이 흘리고 떠나간 웃음 자국처럼
군데군데 비가 샌다
언제부턴가 바닷물에 젖은 섬 테두리에는

막, 모하비 사막을 질러온 햇살 한 줄기 휘감겨있다

* 캘리포니아 남부에 위치한 전 세계 폐기처분된 비행기 저장소.

당신의 서쪽

당신과 다투고 체중계에 오른다
외로움을 들키지 않으려는 이 고깃덩어리
누군가 허공에서 쓰윽 썰어놓은 살점
내려치는 혀는 시퍼런 칼날
도마 위는 비좁고 가죽은 질겨서
나는 조각난 채 붉은 공 하나를 가지고 논다
저, 피 묻은 노을
혀가 씹힌다
당신의 무관심은 서쪽이다

육체에서 빠져나온 말이 달빛을 찌르고
내 몸에 포크를 꽂는다
꽝, 문이 닫혔다
이제 당신이 돌아올 곳은 없다
저울의 눈금이 창밖을 가리킨다

3부

개가 짖다

도심 한복판 고층 아파트 단지
맞은편 콘크리트 상자 속이 소란스럽다
열대야에 잠 못 드는 밤
간신히 잠든 얇은 옷깃을 물어뜯는 개짖는 소리
머리끝이 쭈뼛 일어선다
베란다 칸칸마다 이빨자국 난 알몸들
개소리를 흉내 낸다
"뭐야, 씨팔. 조용히 안 해?"
대답하듯 더 크게 짖어대는
저, 반말

담쟁이와 무당거미

담쟁이가 무당집 담을 넘어가고 있다
궁금했을 게다. 허공에 발을 묻고 살아가는 사주팔자
어디 한번 속 시원하게 굿이라도 치러볼 참이다
저 많은 이파리를 부적처럼 지니고 살았으니
달맞이꽃 같은 아이라도 점지 받을지, 혹시 알아
사실 담벼락에 붙어사는 것이 그리 쉬운 일은 아니잖아

담쟁이넝쿨에 터를 잡은 단칸 셋방
빈 술병이 나뒹구는 노숙의 천장은 별빛으로 둥글다
허공으로 낸 창을 이슬이라 했던가
점괘에 횡재수가 붙은 날은 전화를 걸어줘
바로 달려갈 수 있거든
다리 하나 잘라먹는 것이 이력서 빈칸 채우는 일보다 수
월하잖아
자고나면 새 다리가 자라날 테니 걱정하지마
오랜 실업의 허기는 쉽게 가시지 않고
42번 늑골이 무당의 춤동작 하나를 따라하듯
살풀이굿을 힐끔거리며 귀 기울이며

버선발로 작두를 타는 신들린 잎사귀마다
불그레 피가 번지는 담벼락

높이뛰기 선수들

오리털 파카를 껴입은 월동배추는 스포츠를 즐깁니다
중고 라디오가 중개하는 폭설은 착지가 서툴러
트럭이 다가오면 악다구니로 뛰어오릅니다
서두르지 않으면 도약은 꿈도 꾸지 못합니다
매년 이맘때쯤 과적과 트럭은 서로 변별적 관곕니다
트럭이 지나간 자리의 눈만 녹습니다
커브가 너무 도회적이라는 생각에
쌓인 눈이 오후의 발목을 잘라먹습니다
간밤 동네 처녀 몇이 또 떠났는지
묘지의 뽕브라 속에는 살이 만져지지 않습니다
겨울날의 하루는 살다 만 것 같습니다
배추가 출하되는 오늘은 삶에서 가장 평범한 일상입니다
유기농법만을 주장하는 유관종 씨와
읍내 농약 가게 김씨는 불알 친굽니다 눈이 그치면
그들 사이에 놓인 장애물을 올라타듯
대규모 씨앗 가게가 오픈할 겁니다
장대의 높이를 이해하는 동안
마이너스 통장으로 새 한 마리 날아옵니다
모서리가 닳은 통장은 초록을 놓친 노지입니다
돈이 빠져나간 길에도 눈 녹았는지
질척이는 숫자들이 바람 든 무처럼 흉흉합니다
뿌리 뽑힌 흙의 상처마다 눈보라가 들어찹니다

당신에게 길들여진다는 것은

오래 걷다가 힘껏, 포스베리 플롭* 날개를 펼치는 일입
니다

그쪽은 어떤가요?

* 높이뛰기 종목에서 U자로 꺾어 장대를 넘는 방법.

갈매기들의 식사법

통영에서 연화도 가는 뱃길
달궈진 씨파라다이스 1호가 수평선을 다림질한다
구겨진 물결이 흰 포말로 펼쳐질 때마다
스팀처럼 솟구치는 갈매기 떼, 저들의 식사는 공중부양
중이다
낚아채는 식사법 그것은 생을 훔치는 날갯짓
열린 부리는 새우깡을 담는 빈 봉지였던지
한 입 놓친 끼니는 바다가 마저 핥는다
파도를 들추는 아가미들의 비린 솔기 위로
고깃배들 촘촘하게 노루발 구른다
찰칵, 공중에서 오려낸 갈매기의 편식

기웃기웃 눈발로 쿨럭이는 선실 안
찬밥처럼 굳어 코를 고는 어부의 아내와
바지 주름이 옮겨붙은 듯 눈자위 횅한 노인들
옹기종기 모여 앉은 젊은이들의 기타 소리
한쪽에서 와자한 술판이 벌어졌다
희디흰 손가락 날개 분주히 저어
이빨 지퍼백 안에 새우깡을 담는다
공복으로 파놓은 몸의 구멍이 취기로 메워질 때
저들은 배낭을 덧대어 허무마저 리폼하는 것이다

>

바다 골목으로 환하게 석양이 켜지면
푸른 천을 끌고 가던 괭이갈매기 무리
일제히 갑판대로 내려앉는다
마치 여기서 하루 다 저물고 갈 것처럼
바람에 부리를 닦는다

열차가 지나가는 풍경

배추벌레 꿈틀, 완행열차 지나간다
열차 칸칸마다 비탈로 휘어진 몸 길게 이어놓고
가시덤불 더듬어 느리게 기어가고 있다
황새냉이 쇠비름 뚝새풀꽃 무임승차 시켜놓고
터널 지나 산모퉁이로 부드럽게 커브를 틀어본다

산그늘도 새소리도 서둘러 길이 되어주는 한낮
온몸의 주름을 오므렸다가 펼쳤다가
늙은 역장이 맨발로 달려 나와 깃발 흔들어도
활짝 핀 여뀌꽃 간이역을 그냥 지나쳐 간다
뒤돌아보면 지나온 삶은 모두 다시 살고픈 생인데

체 게바라를 읽다가 행간 어디쯤에서 길을 찾은 듯
내리막길 급경사를 신나게 달려보는 거다
슬쩍 철로를 이탈해보는 거다
억새꽃 종착역에 열차 세워놓고
배춧잎 가장자리부터 갉아먹고 나면
발뒤꿈치가 자꾸 들리기도 하는 거다

유혈목이 한 마리 곡선으로 휘는 구간
한 줄 속도를 긋는 저 매끄러운, 꽃무늬
열차가 지나간 자리

허공을 동그랗게 말아 덮고 노숙하는 배추벌레들
손가락을 갖다 대자
풍경의 배낭을 열고 화르르, 나비 떼 비산한다

아무것도 거둘 것 없는 배추밭
가까스로 남겨진 사람들만 급행열차를 타고간다

사과 두 개의 풍경

사과나무 그늘이 헐리는 계절
이마 벌겋게 달아오른 사과 하나
아삭, 옷을 벗긴다
빨간 실크 옷 한 벌 자르르 흘러내린다
저, 걸친 것 없는 맨몸
품이 넉넉해진 살갗으로 오후 4시가 파고든다

낙과를 더듬는 커다란 손목
과수원 울타리 너머 먼 바다도 뜨겁다

내 몸속의 애완동물

바퀴가 지나갔을까
지네 한 마리 납작 엎드려 길을 꿰매고 있다
어둠 밖으로 기어 나온 유일한 통로
어쩌자고 저리 촘촘 흙을 잡아당겨 길의 흉터 만드는가

죽은 것 같아서 건드려보면 꿈틀, 커브를 틀어
겨드랑이 밑으로 파고드는 음흉한 절지동물
내 불혹의 외진 길가에서 만난 너는
통증이 그어놓은 봉제선
바람으로 기운 바늘 자국이다

뜨거운 것이 훅, 잘려나간 원단을 거울 속에 비추면
금방이라도 빠져나올 듯 오히려 검은 유두
외딴집 옆에는
그늘 넓은 살구나무

고등어 뗏목

이 느닷없는 폭설은 34년 만이라 했다
하늘길과 뱃길이 매어놓은 줄을 끊고 달아난 뒤
불안한 커브를 꺾어 빙판 위에 모셔놓은 한라산
흰 작살에 꽂힌 나무들은 깁스를 풀지 못하고 있다

사람들은 공항 집어등 아래 왁자글 모여들어
눈발 그물에 걸린 생선 떼처럼
종이박스에 배를 깔고 누워 지느러미만 파닥거렸다
나흘째 모슬포항에 발이 묶인 우리는

몸부림칠수록 서로의 몸에 상처를 냈다
등 푸른 고등어구이를 앞에 놓고
젓가락으로 쉴 새 없이 노를 저어 너에게 닿고 싶었다
접시 위에서 비로소 꽃이 된 필생의 비린 향기

먼 시야까지 내어 핀 저기, 가시 뗏목 한 척
어떤 길이 저토록 뼈저려 척추를 가로질렀을까
눈은 쌓인 곳 위에 또다시 내리는데 우리는
영정사진까지 버리고 한없이 가벼워지고 싶었다

서둘러 지나버린 휴가와 거래처 독촉 전화 따위로
미래를 짐작하지 않으리라

살아있는 것으로 충분히 미안한 서른넷

수심 깊은 지하공장에서 피 묻은 청춘을 무두질하던 김
대리

구조 조정의 거친 파도까지는 펼칠 수 없었을까

뗏목이 뒤집혀도 돛대를 다시 꽂아야 한다

소매를 걷어붙이고 젓가락을 깊숙이 찔러 넣어

바다 밑바닥을 힘껏 밀고 나아가다 보면

어느새 눈 그치고 바람도 멎어

그 노인의 뗏목 해안가로 밀려오지 않겠는가

참외밭을 도용하다

수확 끝난 참외밭은 9월호 잡지책이다
손때 묻은 책장마다 이빨자국 난 참외들이 굴러다닌다
스스로 속옷을 잃어버린 여자들
신은 두 개의 참외만 허락했으므로
잡지에서 튀어나온 메뚜기는 묵비권을 행사한다

백주에 선정적으로 농익은 표제어들
단맛으로 감기는 참외 넝쿨을 외면한 채
제 가슴을 허공에 매단 여자도 있다
부레처럼 떠오른 영영 살아난 아프로디테여

참외 꼭지를 잡아 비틀면 비명처럼 젖이 흐르고
우두둑 뜯어진 9월의 골짜기에는
함부로 지평선을 넘나들던 남자들
널 갖고 싶어, 달팽이관 속으로 풍경을 유행시킨다

악성루머를 기웃거리는 잡초들
한 번의 곁눈질로 씨가 털렸다는 광고는 밋밋하다
출렁, 말랑거리는 몸속 유원지에는
특종만 좇는 바람의 갈피마다 은폐한 맛의 편애
휘발성 여자들이 노랗게 낳은 알의 출구는 막막하다

>
그 많던 참외는 누가 다 훔쳐 갔을까
누군가 찢어간 페이지의 배후가 궁금하다
마취에서 풀려난 부록이 제 가슴을 더듬는 잡지책에는
참외밭을 도용한 젖소들이
한나절 떼거리로 몰려와 마른 풀이나 뜯고 있는 것이다

해바라기 유희

죽은 병아리를 묻어놓은 자리에서 꽃이 피었다 해바라기
는 병아리의 눈이 진화한 수정체, 시야를 비축한 망원경이
다 잎잎이 홰를 치는 날갯짓으로 동공이 딱딱해지는 한낮
안구건조증이 또 말썽이다

가늘고 긴 목으로 옮겨 다니는 파문이 허공의 중심이다

노란 마을버스가 동네를 한 바퀴 돌 때마다 꽃은 나선형
의 수렁을 끌고 증발한다 버스에서 내린 여자, 볏을 세운 암
탉처럼 선글라스를 끼고 두리번거린다 구두 굽으로 콕콕
허공을 쪼아 기어이 햇볕을 터뜨린다 서쪽 하늘로 번지는
무정의 노른자위

동네 입구 안경점에는 숟가락으로 왼쪽 눈을 가린 노안
의 수탉들이 서 있다 돋보기 너머 뻑뻑하게 벌어지는 눈동
자, 갈증은 날개 안에 품은 모래바람 같아서 빛을 소외시킨
다 여자는 볕을 낳고도 젖이 돌지 않는지 얼굴빛이 노랗다

닭장의 울음이 밤하늘에 낱낱이 박히면 씨앗이 된다 내
몸 안에 동그랗게 뚫린 구멍들이 일제히 닫히는 시간, 아득
히 꽃피우지 못하는 이유를 굳이 묻지 않는다

>

　짧은 비행에 짓눌려 볏을 누인 해바라기, 초점의 끝으로 달려가 꼬박 새벽을 운다

　눈물이 마르면 꽃은 스스로 모가지를 비튼다

꽃게의 계절

애야, 이제 그만 다리를 펴라
이곳은 네가 꿈꾸던 투구꽃 피는 계절
노래로 풍랑을 견디고
햇볕과 바람으로 빵을 굽는 식탁 위에
네 차고 딱딱한 샌들을 벗어 놓아라
갑옷과 투구로 살을 지켰으니
가시 돋친 허벅지 활짝 열어
네 소중한 꽃씨를 출산하거라
혀 위에 펼쳐진 불꽃튀는 접전
두근두근 마음 놓고 흔들리거라

꽃을 꺾어 허공에 옮겨 심는 새 떼 한 줄
한강대교에 일제히 불이 들어온다
강을 건너가는 긴 다리
저녁을 물고 놓지 않는다

자작나무 허벅지

붕대를 칭칭 감은 그녀의 허벅지는 발칙한 연애소설 같죠
한 겹 옷을 벗기면 팔랑 다음 페이지로 넘어가거든요
53페이지 첫 번째 단락, 머루주가 엎질러지고
붉은 화농 꽃 문장 위에서 한쪽 발을 들고 춤을 추는 여자
궁금해야 풀꽃이 핀다잖아요 어쩌려고
당신의 시선은 퍽도 질척거리는군요
아무라도 붙잡고 몸 비비고 나면 또 한 그루의 나무가 자
라나고
이제 그만 진부한 베드신에서 새들을 꺼내 주시죠
최초의 자작나무 싹이 허공에 혀를 대고 당신을 부를 때
마다
휘적휘적 넘어가는 책장 어디쯤에서 붕대를 풀고 있는 여자

흐벅진 가랑이 사이에 가을을 꽂아놓으면 베스트셀러가
될 수 있을까요?

하산길에 대한 경고

혹여 하산길에서 미끄러져본 적 있나요
눈빛만 마주쳐도 초록물이 드는 숲속에서
부러 한번 미끄러져 보는 거지요
무수한 상처들이 깨어나 문 열어주면
숲의 나무 한 그루 혹, 들어올지도 모르거든요
때로는 직선도 꺾어져야 부드러운 곡선이 된다잖아요
실직한 지 오래된 당신의 구두가 혼자 낡아가는 것도
그의 입장에서는 상처인지 몰라요
보세요 허공에 뿌려진 새들도 흙에 뿌리내리고 싶어서
긴 부리로는 당신과 입맞출 수 없어서
공중을 긁으며 날아가고 있잖아요
새로운 것은 언제나 아픈 곳을 비집고 들어와
문을 꽝 닫아버리면 그것이 딱지가 되기도 하지요
딱따구리가 목탁을 칠 때마다 온몸으로 기도를 받는
나무의 상처를 들여다본 적 있나요
그 맑은 음에는 수십 개의 기둥이 있어서
절 한 채 짓는 일은 식은 죽 먹기거든요
절 많은 숲속에는 사철 털옷 입은 스님들이
바람으로 싸릿대 질끈 묶어 마당을 쓸지요
닫힌 기억이 아리고 화끈거리거든
　푸른 알약을 제조하는 떡갈나무 약국으로 찾아가 보시든
지요

오래 앓아 옹이진 흉터에는 처방전이 필요 없거든요
혹시, 하산길이 지루하신가요
날것들의 비음이 쏟아지는 숲속에서
그냥 한번 자르르 미끄러져 보는 거지요
봄이라서 참 다행이에요

애인도 없는 여자처럼

혼자, 애인도 없는 여자처럼 연극을 보러 갑니다
지하철 혜화역 4번 출구
대학로 밤거리는 눈발로 호피 무늬입니다
모피를 두른 바람이 구면인 듯 다가와 수작 걸어도
귓속에 말발굽 소리 넣어놓고
마른 풀냄새 나는 소극장 지하 계단을 내려갑니다
희미한 조명, 뒷걸음치는 무대
의자를 당기는 척 슬그머니 키를 꽂아 돌립니다
암막을 뚫고 벽을 향해 돌진하는 이것은 내가 키우는 말
입니다
말이 빠져나온 벽은 천천히 다물어지고
누군가를 낳는 날처럼 창밖은 폭설입니다
거리에 많은 사람들을 나는 도무지 모릅니다
버튼을 누르면 윈도브러시가 나뭇가지처럼 흔들리고
되새김질하듯 도착한 곳은 검은 눈동자가 출렁이는 바다
발목은 오래전에 달아나고
무성한 갈기만 백사장을 뛰어다닙니다
드디어 하늘의 막이 열리고
젊은 애인이 조연으로 출연합니다
대본도 없이 귓속에는 여전히 말이 달려가고
흥행하는 텅 빈 객석, 애인은 너무 빨리 죽고 말은 자꾸
태어납니다

바다 한가운데서 휘리릭 휘슬이 울리면
가면을 뒤집어 쓴 말들이 풀려나와 서성이는
그대, 거기도 온통 바람의 무대인가요

여름 터널

산이 하품할 때 얼른 들여다보는 거지
목젖에 걸린 기러기가 몸부림치잖아
그러니까 사랑은 몸으로 익히는 게 아니었어
양 날개를 활짝 펴고 거꾸로 매달려 있는 외기러기
영영 벌어진 주흘산 푸른 입술
불빛이 어금니처럼 박혀있는 터널이 숲의 식도라지
갓 구운 바게트 빵속을 뜯으며 질주의 페달을 밟는 거야
안개를 소스로 끼얹은 시속 120km 금속성 요리는
씹지 않고 통째로 삼킨 지독한 편식이지
화려한 풍경의 데커레이션, 그 안쪽은 어둠뿐이야
당신이 나를 떠나는 속도를 미처 읽을 수 없는 게이지
한 입 크기로 빚은 식사가 아, 하고 벌어진 항문을 빠져
나가면
룸미러에 비친 터널은 힘 빠진 괄약근 같아
꼼짝 않고 드러누워 햇볕을 쪼이는 저 배부른 짐승
당신, 이제 그만 나 좀 일으켜줘

길고 긴 터널 하나씩 품은 사람들이 이 도시에는 너무 많아
캄캄한 통로를 빠져나온 배설물처럼
당신의 갓길에 차를 세워놓고 잠시 졸다 가도 될까?

거미줄

쓰레기와 잡초가 우거진
공장 건물 모퉁이
사람은 살지 못할 그곳

소나기 그친 뒤
파르르 물기를 털어내며
한 쪽 팔을 내어주는 나팔 꽃

저 그물에
잘 익은 노을 건져 올려
밤새 숟가락으로 파먹고 싶다

비둘기를 돌려주세요

진한 멜로 영화를 보러 갈래요
갓 맺힌 꽃사과 따먹고 싶었거든요
분홍빛 팝콘을 당신께 흩뿌리며
단추를 하나씩 풀어줘야 한다고 생각했죠
사내들이 우글거리는 옥탑방에 여자를 밀어 넣고
저, 서둘러 엔딩치는 스크린

진부한 시나리오에 빠져 몇 날 며칠 신나게 놀아요
칼을 갈아 내 몸에 그림을 그리죠
칼끝이 지나간 자리마다 장미가 피어나고
나를 꺾어 화병에 꽂아 보실래요
당신의 손가락을 찌르고 바스락, 시들어 드릴게요
나에게 빈 나무상자를 주세요

흥행을 위해 잿빛 사마귀를 키울게요
하루에 한 번 시큼한 젖을 물려요
무럭무럭 길러 당신의 관객으로 포장해 드릴게요
나는 유리창이 슬어놓은 여자

어둠이 전사지처럼 달라붙어 도무지 떨어지지 않아요
어깨를 움츠리고 흐느꼈을 뿐인데
창밖에 비가 내려요 이것은

>
흙이 제 목을 감기 위해 잡아당기는 투명한 노끈
보세요, 내 연한 목을 휘감고 있잖아요

나는 이제 비둘기를 타고 멀리 날아 갈래요
더 늦기 전에 베드신까지
커튼 뒤에 숨겨놓은 휘발성 비둘기
곧 매진될지도 모르거든요. 푸드득

꽃신에 말 걸기

뒤돌아보면 등대가 서있는 포구
선채 기운 고깃배 한 척 갯벌에 묻혀있다
밀물에 떠밀려온 낡은 신발 한 짝

터진 밑창에는 뭍을 찍어 나르는 어린 게들
신발을 잃어버린 바다는 맨발로 파도를 넘었는지
발자국마다 푸른 발목이 차르르 부러져있다

빈 조개껍데기 촘촘하게 덧대어
신발을 깁는 갈매기 소리
불현듯 놓인 자리로부터 길은 다시 시작되고

무릎 꿇고 주저앉는 것조차 잰걸음이었을
바다를 향해 가지런히 신발 내어준다

달빛 치렁거리는 문발 사이로 언뜻언뜻 비치는 집어등은
수평선이 멀리 신고 나간 꽃신이다
만선으로 구겨진 신발 뒤축이 비릿하다

4부

중간고사

시험날짜가 잡혔다
시험 범위는 49단원 유방암
교과서는 있었지만, 참고서가 더 난무했던 삶
족집게 과외나 사교육은 받지 않았다
살아온 날들을 요점 정리해논 남편은
중년 어디쯤에서 잃어버렸다

조명이 켜지고 시험이 시작되었다
마취약이 몸을 감독하러 들어온 사이
삶은 주관식 답안지처럼 텅 비어 버렸다
발에 밟히고 찢기며 살아온 시험지에는
불안한 저녁의 식탁과
계절보다 얇은 옷가지들
겨울에도 눈이 새는 지붕 걱정 따위 암기 문제는
다행히 출제되지 않았다

난해한 공식이 필요한 남편문제 앞에서는
오랫동안 팔짱을 끼지 않을 수 없었다
감독의 눈을 피해 슬그머니 몸을 빠져나와
수술대 위에 누운 한 자루 몽당연필을 본다
도려낸 가슴만큼 더 작아진 연필
수술실 밖에서 울고 있는 아이들을 향해

침 발라 꾹꾹 눌러 밑줄을 긋는다
내 몸에도 똑같은 길이 그어졌다

시험이 모두 끝나고
젖은 바람 소리 꼼꼼히 적힌 오답 노트를 접고 또 접어서
통증 사이에 꽂아놓는다
철새도 잠시 앉아 쉬어가라고

무작정 서쪽으로

도로 한복판에서 끈 풀린 개 한 마리
신호를 무시하고 역주행이다
개를 놓친 줄은 모두 점선이거나 실선
차선은 개 대신 자동차를 묶고 있다
이 넓은 도로에 오직 개 한 마리 달린다

햇살은 역광으로 차창을 꿰뚫고
사람들은 시원하게 목줄 풀어볼 궁리에 빠져있는데
방목과 순종을 번갈아 오가던 신호등
개의 행방은 무작정 좌회전이다
유턴은 금지다

나팔꽃 골목

한철 세워놓은 자전거 바퀴에 악기점이 세 들었다
별을 그린 천정은 밤에만 반짝거리고
한낮은 하르르 풀빛이다
나비넥타이를 맨 바람이 지휘봉을 들면
바퀴살 칸칸 진열된 나팔들 일제히 입술을 찾는다
골목을 친친 감아올려
다세대주택 창문으로 흘러들어간 음표들
밥상에 둥글게 모여 앉은 웃음소리마다
높은음자리 지점이 온통 꽃이다

자전거 수리점은 못갖춘마디 끝에 있다

황금 오리

금강변을 따라 달리는 자전거 길
황금빛 오리 세 마리
안개 피어오르는 강물 속에 부리를 묻고 있다
먹이라도 낚는지, 낚았다가 놓쳤는지
고개를 주억거리며 그르렁그르렁 강바닥을 긁는다

접힌 날개는 녹슬어 허공을 잊었고
젖은 무릎을 끝내 펴지 못하는 황금 오리
나는 물갈퀴 대신 페달을 저어 봄날 위에 떠있다

머리 위로 끈 풀린 새들이 우르르 쏟아지면
한참 만에 고개 드는 포클레인
부리 가득 모래를 물고 있다
잔잔하던 물결은 거칠게 찢어지고
모래 사이를 맴돌던 강물이 주르르 흘러내린다

강변에 앉아 오래 놀다 돌아가는 해질녘
오리는 멀리 날아가지 못하고
겨우 물 밖으로 기어 나와 있다
기운자국도 없이 서로 부둥켜안고 흐르는 강물을 바라보며
미안한지 부끄러운지
긴 모가지 늘어뜨려 푸른 갈대숲에 숨어 있다

\>

황금알 낳아 산마루에 올려놓은 지금은
오리가 깃을 접는 시간

3월의 고사목

천왕봉 지나 제석봉이 타고 온 능선
관절의 깊은 상처마다 붕대처럼 눈 쌓인 고사목
뼈 시린 봉분마다 타살의 흔적이 역력하다
누군가 성냥을 내리 긋던 순간 뛰어든 파문의 유서

반항의 몸부림조차 순조로운 죽음이었다
한때는 푸른 물결 일렁이던 나이테 속에서
지나가던 바람이 집을 짓고
둥근 나무의 문을 열면 장작 같은 차디찬 손이 잡힐 듯

나무의 한쪽 팔을 질끈 동여매어
내 더운 피 수혈해주고 싶다
마른 풀뿌리와 어린 가문비나무
내리막길을 붙잡고 있는 사이 공소 시효는 지나가고

고사목 부러진 중심위에 솟대처럼 걸터앉은 천왕봉
천년은 족히 견딜 박제된 세월에
내 몸에 과분한 옷 벗어주고 싶다

둥지

거실 소파가 서식지였던 남편은
어느 날 홀연히 베란다 밖으로 날아가 버렸다
세월이 뒤따라갔지만
그가 날아간 흔적을 어디에서도 찾을 수 없었다
그런 이유로 창문은 늘 열려있었고

약병은 번번이 쓰러졌다
슬어놓은 아이들은 나무 그림자가 안고 품어서 그런지
쉽게 휘어지는 날개를 지녔다
아이들은 숟가락을 허공에 찔러놓고 자주 뒤꿈치를 들었다
하루에도 수십 번 깃을 세워
스스로 털을 밀어내며 사춘기를 견뎠다
애들아, 하늘을 보렴
새를 놓친 것은 너희들 잘못이 아니란다

나뭇가지도 함부로 세를 놓지 않는 계절
미루나무 그림자가 둥지를 들고 들어와
소파에 오래 놀다 가는 날이면
철새 한 마리 베란다 주위를 돌고, 돌고, 돌다 갔다
곧 겨울이 올 것 같다

재킷에서 튀어나왔다

며칠째 전화 한 통 오지 않는다
"머리통만한 수박이 천 원이오. 설탕 같은 꿀참외 한 보
따리가 삼천 원이오"
저 녹음파일만 훔쳐내면 내 삶은 완벽한 적막이다
현관문의 렌즈는 백내장 앓은 지 오래
보지 않는 것이 오히려 더 선명할 수 있다는 게 좋다
햇볕이 들어와 식탁 다리를 몹시 비추는 날이면
어디서 그렇게 많은 먼지들이 날아왔는지
라면발이 느리게 집안을 기어 다닌다
이웃집 변기통과 하수구의 잡담도 이제 신물난다
벽돌 같은 책 속에서 흘러나온 메모지
'감정의 수위 범람. 시의 또 다른 이름은 태풍이다'
이 무슨 애매한 문장이란 말인가
실업수당도 바닥을 긁는 정오 무렵
오래전 외출을 기억하는 재킷에서
횡뎅그르르 동전 하나 굴러떨어진다
소매 주름이 둥지처럼 품고 있던 새 한 마리
고요하던 숲이 술렁거리기 시작한다
슬그머니 벽을 밀치는 오동나무 한 그루
파인 흠터마다 새소리 음각이 깊어있다
유실된 방바닥은 나무들의 숨구멍
장롱에 기대앉아 한나절 내내 기다려본다

나뭇가지도 돈도 움직이는 것이므로
택배도 그냥 지나쳐 가는 오후였으므로

물고기 꽃다발

누런 걸레를 주세요
어머니의 구멍 난 런닝구를 주세요
새파랗게 하늘을 닦아 드릴게요
흙은 그만 드시고요
자꾸 먹구름이 끼잖아요
모서리가 닳은 당신의 눈동자는 바람이 가득 찼네요
고양이가 며칠째 돌아오지 않는다고요?
풋살구를 깨물어보세요
입안에서 하모니카 소리 들리나요?
마늘과 비파를 싣고 우리 강으로 떠나요
은어떼가 밀고가는 노을은 후드득 빗소리를 닮았네요
반짝이는 것들은 모두 노를 저어요
수선화를 꺾어드릴까요?
꽃향기를 링거처럼 팔에 꽂을 수는 없잖아요
빈 화단에 물고기를 옮겨 심었다고요?
어머니, 내년에는 비늘로 꽃다발을 만들 수 있겠어요
물새알 같은 당신
은모래를 쓸어 모아 냄비에 담아드릴게요
날마다 낯선 저녁이 찾아올 거예요
쉿, 봉숭아 꽃물 든 손톱을 잘라 밤하늘에 붙여놓고 우겨
볼래요
　저건 달이야, 초승달

어머니, 천정에서 자꾸 물이 새고 있어요
손바닥을 펼쳐보세요
북향으로 꺾어지는 길이 보이나요?
아니요, 신발은 벗지 마시고요
여기서 잠깐 쉬었다 가요
어머니
자동문은 다가서면 언제든지 열리거든요

산수유나무 야경

어라, 산수유나무가 허공에 길을 만들고 있네요
사방 없이 가지 뻗은 길
산수유 붉은 열매들이 후포항의 야경 같아요
불빛들이 서로 모여 반짝이는
그 많을 길을 놓아두고
어둠 쪽으로 몹시도 휘어진 외길을 따라가 보아요
후미진 골목 흐린 불빛 몇 개
낡은 고깃배들이 까르륵 몸을 뒤척이는 이곳은
돼지국밥이 끓고 있는 낙조 마을이라지요
조개껍데기 같은 유리문을 밀고 들어가면
뚝배기의 가장자리처럼 젖가슴 흘러넘치는 주인 여자
젓가락 장단에 휘적휘적 올라타는 노랫소리에
파도도 다가와 턱밑으로 당겨 앉지요
버스가 지나가도 먼지 날리지 않는 길가
늙은 개가 주인보다 먼저 잠드는 이 마을에는
새들이 갈대의 어깨에 발을 묻고 밤을 지샌다지요
당신은 휘어진 나뭇가지 어디쯤에서 길을 잃어
열매도 맺지 못하고 변방의 삭정이가 되었을까요
낭창거리는 것들은 바람의 이름을 닮아서
산수유나무 그림자가 마을을 범람하면
뱃고동도 은갈치 떼도 일렁이며 길이 되어가는

12월의 작약

진눈깨비 흩날리는 저녁
새로 산 이불을 펼친다
매트리스 위에서 환하게 피어나는 작약
꽃들에게도 성감대가 있는지
오래 접혀 있어 무뎌진 자리
손끝으로 매만져주자
첫 경험처럼 자지러지는 저 핏빛 꽃망울들
맨발로 향기위를 걷는 내 체온의 다년초

꿈속을 더듬어 찾아온 옛 애인의 어깨위에는
바람에 지친 눈꽃잎 켜켜이 쌓여있다

진눈깨비는 어느새 함박눈으로 솜을 틀어
두툼하게 이불을 펼친 창밖 풍경
밤새 온몸을 핥던 황홀한 체위
어쩌냐, 이 뜨거운 꽃봉오리를

고양이 구입하기

호박잎 같은 천막그늘 안으로 쪼그려 앉은 창평 장날
철망 안에 구겨진 고양이 일곱 마리
'괭이오천냥'이 청테이프에 방울을 달았다
몸은 한없이 어디론가 밀려나고
열네 개의 구슬만 바쁘게 구른다
흰 바탕에 품이 헐렁한 황금색 줄무늬
오렌지 빛깔 캐주얼슈즈를 신은 코발트 얼룩무늬
검은 심지가 삐져나온 주황색 망토목도리
명옥헌 연못 속에 잠긴 잿빛 구름무늬
바짝 말라 등이 활처럼 휜 아기 옷 한 벌
서로 엉켜 섞이면서 뭉클뭉클 폭신한
길들이지 않은 저들의 옷이 탐난다
한여름 모피는 폭탄세일이라는데
어느 가게의 상표인지, 인터넷 숍은 24시간 오픈
기운 곳 없는 박음질에서 장인의 솜씨가 엿보인다

덥석 등덜미를 움켜잡은 할머니
'담양꿀고구마' 상표가 붙은 초록망에 괭이 한 마리 담는다
구슬 두 개를 잃어버린 철망 안은 더 비좁아지고
앙칼지게 발톱을 새운 아기 고양이
망째 뛴다. 떼굴떼굴 굴러서 틈에 박힌다
빈 박스에 담아 집으로 돌아오는 길, 오줌 지린 망을 뚫고

고구마 밭 지나 숲속으로 도망치는 고양이 한 벌
숲이 얼른 품어 안는다
털은 저들의 옷이 아니라 살이었다

양말을 신으며

터널과 양말의 입구는 어둠으로 완성되지
자동차를 받아먹는 터널은 편식하는 짐승
겨울 산은 털갈이하며 동면을 꿈꾸지

나는 목이 긴 양말 속을 달릴래
전조등을 켜고 액셀러레이터를 밟는 거야
5차선 도로, 휘어진 차선의 골격

새끼발가락은 장애물이 너무 많아
티눈 속에 잠긴 어둠을 파내느라 펑펑 눈이 내렸어
너구리들의 통로는 터널 바깥에 있거든

아무도 가지 않은 눈 쌓인 길
체온이 식지 않은 발자국
얼마나 지우고 싶었을까

나는 또 얼마나 가볍게 걷고 싶었을까
내 발의 상처 아문 자국
너구리의 심장과 맞닿아 있어

그래서 구두의 거기에 자꾸 구멍이 생겼나 봐
동물그림 양말을 신으며 생각하지
낡은 터널은 꿰매지 않는 게 좋겠어

비상을 꿈꾸다

걸핏하면 한쪽 팔이 빠진다
남은 팔로는 새무리를 따라갈 수 없어서
놓친 행방을 뼈에 새긴 나는
살아갈수록 무례한 짐승이다
일찍이 타고난 보폭보다 넓은 걸음을 비상이라 했던가

새로 입주한 고층 새장은 날이 갈수록 진화를 거듭해
리모컨 하나로 직립과 고립을 거듭할 수 있다 그렇다면
이전의 생은 모두 하찮은 것인가

짐승은 제 몸뚱이 구석구석 털을 기르는 주인일 뿐
다행히 피가 붉어서 아무 곳이나 찌르면 꽃이 핀다

공중의 처소들이 미분양된 동절기
바닥에 쌓인 처방전은 둥지의 흔들리는 문패다
알약이 몸 안으로 들어가면 초인종처럼 벨이 울리고

늦가을 길을 걷다가 낙엽 하나 들어 올리는 것도 날개를
다는 일인데

팔과 날개를 바꿀 때 잃어버린 나사는 찾을 수 있을까?

오래된 벽화

잠깐 눈 붙이고 있는 사이 당신이 사라졌다
바람도 없는데 여닫이문이 미동한다
벽을 등진 사람들과 차를 나눠 마셨다
우리는 노을을 잃었으므로 곧바로 파랑이다
공중에 마구 덧칠된 새소리는 도무지 무채색이라서
4B연필을 든 느티나무가 그루터기 위로 제 그림자를 완
성한다
당신의 흔적에서 벽이 기울고 있다

눈발과 나뭇가지가 빗금의 문어체로 벽을 떠받치고
우리의 화두는 번번이 어긋난다
들고양이가 뛰어내린 벼랑도 길의 여분이라서
지탱과 커브의 소유권은 이제 저 벽에 있다
어미 말이 탯줄을 핥는 동안
풀들은 일어났다가 쓰러지고 다시 자란다
낡은 캔버스에 손을 얹으면
거칠게 만져지는 담벼락의 불안한 내막
분서갱유를 피해 숨겨놓은 서책들이 과연
지식의 난간을 무너뜨리는 도구였을까

불현듯 우리를 박차고 나온 말에 사육사가 깔려 죽었다
고삐를 움켜쥐고 말을 가로막는 저 벽

투두둑 무릎 꿇는 소리, 그 소란의 틈에 귀를 갖다 대면
이제 막 알타미라 동굴에서 탈출한 들소 한 마리
당신의 망막을 향해 돌진한다
붓으로 못을 치지 않아도 옷이 걸리는 벽
여백도 온통 못이기 때문이다

아이, 예뻐라

아래층 사는 노 고모가 화분을 들고 오셨다
페트병을 반 갈라 구멍을 뚫고 흙을 담아
키우던 벤자민고무나무 가지를 꺾어 꽂은, 집들이 선물
그냥 휴지나 하나 사 오시지

창가에 앉아 마시던 커피 부어주고
몸살 약 털어 넣고 입안 헹군 물 뱉어주고
빗물 젖은 등산화 밑에 받쳐놓았다
목이 말랐는지 싹싹 핥아 먹는다

벤자민고무나무 이파리는 티스푼처럼 굳어 떨어지고
녹슨 철사 한 줄 꽂혀있다
분리배출 함에서 옷가지며 가재도구를 챙겨
무시로 올라오시는 고모가 보실까봐
구석으로 구석으로 밀쳐놓았다

봄볕이 들어와 자주 놀다간 어느 날
베란다 구석에서 꼬물거리는 초록
하도 신기해 들여다보니 양지가 싹을 틔웠다
다가가는 발소리에 놀랐는지
갓 깨어난 노란 풀꽃 잔뜩 움츠려있다
햇살이 거실 한복판에서 이미 자지러진 날이었다

강남 가는 길

노시인 만나 뵈러 화성에서 강남 가는 길
대설 지난 땅은 미리 녹아 질척거리고
오랜만에 꺼내 신은 구두는 발이 늙느라 헐렁하다
버스에서 내려 지하철로 갈아타고 환승역 거처
안부 여쭈러 가는 길
문득 내려다본 구두가 흙투성이다
지상은 점점 입춘이 가까워지는데
두더지 같은 쇳덩어리에게 미안할 일도 아니다 싶어
털어낼까 말까 일부러 망설인다
이 도시 어디에 흙을 아는 길이 있을까
노시인은 분명 나보다 흙을 더 반기실 터인데
행간에 씨 뿌리고 나오신 듯
모자 밑으로 흘러나온 백발이
옥수수수염 같아서 참 다행한 일이다

벚꽃 장례식

골목을 빠져나오는 검은 승용차 위로
벚꽃 잎 난다 난분분 꽃잎의 활주로
저 은빛 풍장은 환생하는 날개들
어느 별의 눈발이기에 저리 환한 빛깔인가

비행의 속도를 줄이고 지상을 한 바퀴 둘러보는 봄날
왜 꽃 지던 시절조차 저토록 아름다운 것인가
흩날리는 것들 행방이 계절의 목록에서 낱낱이 지워지는
죽음도 때로는 향기로울 수 있다니

저 골목에는 뿌리 깊어 떠나지 못하는 바람이 있어
붓끝을 흔드는 손목이 있어
화르르 칠이 벗겨지는 자동차
이렇게 화창한 날의 직진은 위험해

당신은 나가고 나는 들어오고
나 잠시 쉬어가도 괜찮을까

당신의 그림자가 열어준 길 위에서

이성혁 문학평론가

당신의 그림자가 열어준 길 위에서

이성혁 문학평론가

1.

강서연 시인은 묘사에 능한 시인이다. 시에서 묘사에 능하다 함은 대상을 보이는 그대로 잘 그려낸다는 의미는 아니다. 상상력을 통해 대상의 특성을 드러내면서 그 특성을 또 다른 의미화로 확장할 수 있을 때 시적 묘사에 능하다고 말할 수 있다. 이 시집의 제목인 『가로수 마네킹』에는 그러한 의미에서 묘사를 전개하는 시편들이 많이 있다. 도시의 어떤 풍경을 묘사하면서 그 풍경 속에 잠재해 있는 의미를 길어 올린다. 대체로 제목은 그 시집에서 전개될 세계를 미리 보여주는 경우가 많다. 아마 강서연 시인도 「가로수 마네킹」이 시집의 세계를 대표적으로 암시할 수 있다고 생각해서 이 시를 제목으로 했는지도 모른다. 다시 읽어본다.

란제리도 망사스타킹도 액세서리도
색 바랜 바바리코트도 한데 뒤엉켜있던 가판대
가을 정기세일을 마치고

실오라기 하나 걸치지 않은 알몸의 마네킹들이 서 있다
가로등 불빛이 훤하게 조명을 비추는 쇼윈도
은행나무의 옹이가 생식기처럼 열려 있다
저 깊은 생산의 늪에 슬그머니 발을 넣어보는 저녁
어둠이 황급히 제 몸을 재단해 커튼을 친다

첫눈이 내린다
칼바람을 따라가며 천을 박는 발자국들
재봉틀 소리에 맞춰 나무의 몸속에서도 바람개비가 돌아
간다
길도 불빛도 사람들도
왕십리 돼지껍데기집 화덕 위에 불판으로 모여든다
올해의 유행은 몸에 딱 달라붙는 레깅스 패션
마지막 단추까지 꼼꼼하게 채운 새들은 어디까지 갔을까
오래 서 있어서 아픈 플라타너스 무릎에
가만히 손을 얹는 홑겹의 흰 눈발
― 「가로수 마네킹」 전문

두 연으로 되어 있는 위의 시는 두 장소의 풍경을 드러낸
다. 하나는 쇼윈도 안의 풍경이다. 란제리를 입히기도 하고
바바리코트를 입히기도 하는 마네킹들이 계절이 바뀌었는
지 "실오라기 하나 걸치지 않은 알몸"으로 서 있다. 화려한
옷을 입었다가 이제 알몸이 되어버린 마네킹들은 마치 세
상으로부터 버림받은 듯한 모습이다. 하지만 가로등은 그
알몸 마네킹이 서 있는 쇼윈도를 아이러니하게도 '훤하게'
비추고 있다. 그 다음 행에 "옹이가 생식기처럼 열려 있"는

은행나무가 등장하는 것을 보면, 쇼윈도의 알몸 마네킹과 은행나무가 동일화되고 있는 듯이 보인다. 그런데 그 은행나무는 쇼윈도 안을 바라보고 있는 자, 즉 시인이라고도 생각할 수 있는 것이다. 즉 '알몸 마네킹=은행나무=시인'이 동일화되면서 서정적 주체는 저 알몸 마네킹처럼 버림받았다는 느낌을 갖고 있음이 드러난다.

알몸으로 방치된 마네킹들의 치욕은 나무의 축적된 상처라고 할 옹이가 "생식기처럼 열려 있"는 '은행나무-서정적 주체'의 치욕과 공명한다. 그런데 그 치욕은 바로 한껏 이용당하다가 버려져 상처받은 삶을 고스란히 세상에 드러내야 하는 노동자들의 치욕이기도 하다. "저 깊은 생산의 늪"이라는 표현이 이를 암시한다. 그 늪이란 아마 마네킹이 세워진 쇼윈도를 가리킬 터이다. 마네킹에 옷을 입히기 위해서는, 즉 쇼윈도를 장식하기 위해서는 옷이 계속 생산되어야 한다는 점에서 시인은 "깊은 생산의 늪"이라는 표현을 썼을 것이다. 그 생산의 늪에 빠질 수밖에 없는, 그래서 노동하지 않으면 저 마네킹처럼 알몸으로 세상에 내던져지는 것이 노동자의 삶이다. 이러한 현실을 가리기 위해, 그 늪에 발을 넣자마자 어둠이 와서 "제 몸을 재단해 커튼을" 치는 것일 테다. 쇼윈도의 비밀이 드러나지 않도록 재단한 밤의 커튼은 노동의 늪에 빠진 삶이 드러나지 않도록 하는 역할을 한다.

2연에서의 '발자국들'이 천을 박는 행위 역시 이를 위해 행해지는 것이라고 여겨진다. 그 발자국들과 "길도 불빛도" "왕십리 돼지껍데기집 화덕 위에 불판으로 모여"들고 있는 걸음이 바로 천을 박는 발자국들이다. 사람들은 노동을 끝낸 밤에 거리의 술판으로 모여들어 '칼바람' 같이 춥고 아픈 노동의 삶을 달랜다. 그렇게 사람들은 "올해의 유행"인 레깅스 같은 옷을 "몸에 딱 달라붙"도록 "마지막 단추까지 꼼꼼하게 채"우고, '새들처럼' 겨울을 건너간다. 자기 몸을 재단해 알몸 마네킹을 가리는 어둠처럼, 사람들은 칼바람에 노출된 자기의 몸, 세상으로부터 버림받고 있는 자기의 알몸을 가리기 위해 옷을 꽁꽁 여미며 삶을 살아가는 것이다. 그러한 사람들을 오래 서서 바라보아야 하는 플라타너스는 무릎이 아프다. 이 플라타너스는 1연의 은행나무처럼 저 거리의 사람들을 바라보고 있는 시인 자신을 의미한다고 할 수 있다. 은행나무처럼 플라타너스의 아픔 역시 저 옷깃을 여미며 살아가는 사람들의 아픔에 공명하면서 생긴 것이다.

저 도시인들처럼 아프게 살아가며 세상을 관찰하는 시인을 "가만히 손을 얹"어 위로하는 존재는 지금 거리 위에 내리고 있는 "흰 눈발"이다. 하지만 그 눈발 역시 삶의 추위를 막지는 못할 듯이 보인다. 그 눈발은 '홑겹'이기 때문이다. 홑겹의 무력한 눈발만이 슬픈 도시의 거리를 쓰다듬는다. 이렇게 쓸쓸하게 끝나는 위의 시는 강서연 시인의 시적 감성을 잘 드러낸다. 그는 우리가 사는 세상의 풍경을 묘사하면서 노동에 지친 우리네 삶의 신산함에 주목하고, 이로부터 서정을 끌어올려 풀어내고자 하는 시적 태도를 가지고 있다.

가령 「담쟁이와 무당거미」에서 시인은 "담쟁이 넝쿨에 터를 잡은" 거미줄을 "단칸 셋방"으로 표현한다든지 "빈 술병이 나뒹구는 노숙의 천장"으로 묘사한다. 그리고 그 거미줄에 노숙하듯이 살고 있는 무당거미는 "오랜 실업의 허기"에 시달리며 "살풀이굿을 힐끔거"린다. 이렇듯 시인은 어떤 자연 현상에 대한 관찰과 묘사를 현대인의 신산한 삶을 비유하는 것으로 연결시키는 것이다. 「지진에 대한 몇 가지 생각」 역시 그러한 시작詩作 방식으로 현대인의 고난어린 삶을 그려낸다. 실업의 나날로 허덕이며 사는 사람들이 세상의 가장 낮은 곳—지하 셋방이나 지하철 역사—으로 떠밀려 살아가고 있다면, 그와는 반대로 도시의 건물들은 높이 솟아오르고 있다. 시인은 이 건물들에 대해 그 시에서 "흙의 정수리에 박힌 못"이라고 표현한다. 즉 그 건물들은 자연적이고 유기적인 삶의 토대인 흙의 급소를 찌르면서 존재하고 있는 것이다. 그래서인지 직장을 갖고 그 건물들에 들어가 사는 사람들의 삶도 불행으로부터 벗어나지 못한다. 시인에 따르면 그들은 그 "못 속에 칸칸 금을 그어" 그 속에서 "가구를 들여놓고 아이를 낳"거나 그 안으로 출근하여 일하면서 "내려친 망치 자국 같은 가마를 이고" 살아가고 있다.

이러한 표현들을 볼 때 강서연 시인은 현대 문명에 대한 비판적 인식을 바탕으로 풍경을 관찰하고 비유적으로 묘사하고자 하는 시인임을 짐작할 수 있다. 이러한 시인의 시적 태도는 어떤 실존적인 것들과 연결되는데, 그것은 자신의 삶에 죽음을 받아들이고 또한 죽음으로부터 삶의 길을 찾을 수 있게 된 경험과 관련이 있다.

2.

  강서연 시인이 현대인들의 신산한 삶, 노동과 실업의 삶을 시에 담아내고자 하는 것은 여기에서도 찾아볼 수 있다. "구조조정으로 고층빌딩에서 추락한 이후/ 트럭 가득 과일을 싣고/ 좁은 골목을 누비고 다니는 남편의 타이거표 신발"을 "과적으로 차체가 기울어 있"(「신발주차장」)다는 진술을 보면, 시인은 남편이 구조조정으로 실업 상태에 빠져 힘들게 삶을 꾸려나가야만 했던 실존적인 가정을 상징적으로 그리고 있다. 그렇기에 그는 세상에서 버려지고 힘들게 살아가야 하는 사람들의 모습에서 자신의 모습을 보게 되었을 것이다. 나아가 시인은 「둥지」에서 새가 되어 베란다 밖으로 사라져버린 존재로 남편을 등장시킨다.

>거실 소파가 서식지였던 남편은
>어느 날 홀연히 베란다 밖으로 날아가 버렸다
>세월이 뒤따라갔지만
>그가 날아간 흔적을 어디에서도 찾을 수 없었다
>그런 이유로 창문은 늘 열려있었고
>
>약병은 번번이 쓰러졌다
>슬어놓은 아이들은 나무 그림자가 안고 품어서 그런지
>쉽게 휘어지는 날개를 지녔다
>아이들은 숟가락을 허공에 찔러놓고 자주 뒤꿈치를 들었다
>하루에도 수십 번 깃을 세워

스스로 털을 밀어내며 사춘기를 견뎠다
애들아, 하늘을 보렴
새를 놓친 것은 너희들 잘못이 아니란다

나뭇가지도 함부로 세를 놓지 않는 계절
미루나무 그림자가 둥지를 들고 들어와
소파에 오래 놀다 가는 날이면
철새 한 마리 베란다 주위를 돌고, 돌고, 돌다 갔다
곧 겨울이 올 것 같다
— 「둥지」 전문

　그의 죽음은 "어느 날 홀연히 베란다 밖으로 날아가 버렸다"고 표현했다. 날아가 버린 가장이 다시 돌아오기를 기다리며 시의 화자는 창문을 늘 열어둔다. 그러나 새가 되어 날아간 그는 다시 날아오지 않는다. 그 대신 '나무 그림자'가 되어 그가 늘 앉아 있었던 "소파에 오래 놀다 가"면서 아이들을 품어준다. 새가 된 이의 자식들인 아이들은, 그 나무의 그림자 품에서 사춘기를 견뎌내면서 "스스로 털을 밀어내며" "쉽게 휘어지는 날개를" 키운다. 그 날개는 아버지가 있는 하늘에 조금이라도 더 가까워지려고 "자주 뒤꿈치를 들었"기 때문에 생길 수 있었으리라.
　그러므로 미루나무의 그림자는 아이들을 그리워하는 이 시대의 가장이다. '둥지'를 안고 들어와 오래 놀다가는 그림자는 실체가 아니다. 저 미루나무의 그림자는 남편의 실체는 아니고 시인의 기억을 통해 현상하는 이미지라고 말할 수 있을 것이다. 그래서 그림자가 드리우는 '소파-둥지'는 시인의 마음속에 존재하고 있는 것이라고도 할 수 있으며, 그렇다면 그 그림자가 소파에 오래 머물며 놀다간다는 것은 곧 시인의 마음속에서 오래 놀다간다는 것을 의미한다. 그리하여 타인의 죽음을 마음에 품고 살아가게 된 시인은, 죽음과 고통에 대해서 외면하지 않게 되었을 것이다. 이제 시인에게 그림자란 살아 있는 시인과 죽은 타인을 연결해 주는 매개자이다. 그리고 그 그림자는 삶과 죽음의 동거 속에서 살아가는 시인에게 어떤 길을 마련해줄 것이다.

> 당신은 휘어진 나뭇가지 어디쯤에서 길을 잃어
> 열매도 맺지 못하고 변방의 삭정이가 되었을까요
> 낭창거리는 것들은 바람의 이름을 닮아서
> 산수유나무 그림자가 마을을 범람하면
> 뱃고동도 은갈치 떼도 일렁이며 길이 되어가는
> ―「산수유나무 야경」 부분

당신은 삶의 길을 잃어서 "열매도 맺지 못하고 변방의 삭정이가 되었"다. '삭정이'란 살아 있는 나무에 붙은, 말라 죽은 가지를 뜻한다. 당신은 어떤 나무의 삭정이가 되어버려서 "낭창거리는 것들"로 존재하게 되었다. 하지만 갈 길을 잃어버린 존재는 다시 "길이 되어가"기 시작한다. 그것은 "산수유나무 그림자가 마을을 범람"하여 뱃고동이나 은갈치 떼처럼 낭창거리는 것들이 다시 일렁이며 길이 되어감으로써 이루어진다. 삭정이도 낭창거리는 것들 중 하나여서, 뱃고동이나 은갈치 떼와 마찬가지로 일렁이며 길이 되어가는 것이다. "낭창거리는 것들"이란 흔들거리는 가늘고 긴 것을 의미한다. 그래서 낭창거리는 것들은 사물을 흔들리게 하는 "바람의 이름을 닮"은 것, '삶—죽음'을 관통하는 길을 만들어내는 존재라고도 할 수 있을 터이다.

　강서연 시인에게 그림자란 죽음으로부터 귀환임을 우리는 「둥지」라는 시에서 읽은 바 있다. 이에 따른다면, "산수유나무 그림자가 마을을 범람"한다는 사태는 마을이 삶과 죽음의 경계에 놓이게 되는 것이다. 그리고 이 마을의 전환 과정은 아름다운 야경을 펼쳐 보이는 것이다. 길이 트이는 순간은 어떤 아름다움의 발현을 통해 이루어지는 것인데, 「벚꽃 장례식」은 그러한 순간의 아름다운 장면을 묘사하고 있다.

　　　골목을 빠져나오는 검은 승용차 위로
　　　벚꽃 잎 난다 난분분 꽃잎의 활주로
　　　저 은빛 풍장은 환생하는 날개들
　　　어느 별의 눈발이기에 저리 환한 빛깔인가

　　　비행의 속도를 줄이고 지상을 한 바퀴 둘러보는 봄날
　　　왜 꽃 지던 시절조차 저토록 아름다운 것인가
　　　흩날리는 것들 행방이 계절의 목록에서 낱낱이 지워지는
　　　죽음도 때로는 향기로울 수 있다니

　　　저 골목에는 뿌리 깊어 떠나지 못하는 바람이 있어
　　　붓끝을 흔드는 손목이 있어
　　　화르르 칠이 벗겨지는 자동차
　　　이렇게 화창한 날의 직진은 위험해

당신은 나가고 나는 들어오고
나 잠시 쉬어가도 괜찮을까
— 「벚꽃 장례식」 전문

어떤 장례식 날, 시인은 "검은 승용차 위로/ 벚꽃 잎" 날아가는 모습을 보고는, 지금 이 장례식이 '은빛 풍장'임을, 그리고 그 잎들이야말로 '환생하는 날개들'임을 인식한다. 검은 승용차 위에서 바람에 흩날리고 있는 은빛 벚꽃은 마치 사막의 바람에 의해 영혼이 저 세상으로 사라지고 있는 풍장의 장면을 보여주는 것만 같다. 그런데 시인은 그 벚꽃이 저 세상으로 사라지고 있는 영혼이라기보다는 이미 저 세상으로 갔다가 다시 돌아와 은빛으로 반짝거리고 있는 영혼이라고 생각한다. 환생한 영혼으로서의 벚꽃은 '은빛 풍장'이 이루어지는 장례식장에서 삶과 죽음을 동시에 중첩하고 있다. 시인은 벚꽃으로 환생한, "흩날리는 것들"인 그 영혼의 모습으로부터 어떤 향기를 맡는다. 하여 시인은 "죽음도 때로는 향기로울 수 있다"는 새로운 인식을 얻는다. 삶과 죽음을 잇는 길의 트임은 기막힌 아름다움의 향기 속에서 현현한다는 것을 말이다.

시인은 위의 시의 마지막 연을 "당신은 나가고 나는 들어오고/ 나 잠시 쉬어가도 괜찮을까"라고 말하면서 이 시를 끝맺는다. 이 시는 시집의 마지막에 실린 시이기도 하다. 시에 묘사된 장례식장은 삶과 죽음을 동시에 드러내면서 아름다운 향기를 발하고 있는 경계선이다.

그렇다면 당신의 그림자가 열어준 길을 따라 시인은 시를

써 왔으며 그 길에서의 관찰과 기록이 이 시집의 시편들이라고 말할 수 있지 않겠는가. 그러고 보니 길을 따라 걸으면서 발견한 풍경들을 관찰하고 주워 담아 묘사하는 작업, 그것이 이 시집의 주된 시작詩作임을 시인 스스로 독자에게 암시해주는「길에서 주었다」에서도 잘 나타나 있다. "강과 들녘의 풍경을 여미고 있는 이것은/ 길이라는 순한 눈동자의 흔적이다"라고 말한다. 다시 말해 순한 눈동자의 흔적인 길은 강과 들녘의 풍경을 단정하게 여미고 있다. 그 순한 눈동자란 죽은 이의 눈동자이며 흔적이다. 그 순한 눈동자를 통해 풍경을 다시 관찰하면서 그 의미를 이끌어내는 일, 그것이 바로 강서연 시인이 이 시집에서 행한 작업임을 말해주고 있는 것이다.

3.

죽은 자의 눈으로 풍경을 보았을 때, 그 풍경은 암울하게만 나타나지 않겠는가. 강서연의 시에서는 그렇지 않다. 앞에서 보았듯이, 그의 시는 자연의 묘사를 통해 현대인들의 암울한 삶을 드러내기도 한다. 그러한 시작 자세는 고통을 겪은 시인이 타인의 고통에 공명하기 때문에 가능한 것이었다. 또한 시인에게 죽음의 수용은 부정적인 것만은 아니다. 도리어 그것은 삶과 죽음을 잇고 둘 사이의 경계선을 허물면서 삶에 대한 새로운 길을 찾아가는 작업과 관련된다. 그 작업이 바로 시인의 시 쓰기를 추동한다. 나아가 그 시 쓰기는 눈부신 아름다움의 발견 속에서 이루어지기 때문에 어떤 미학을 동반한다. 그래서 시인은 자신이 관찰한 풍경에서 암울한 세상사만을 투시하는 것만이 아니라 죽음을 넘어서는 유토피아의 세계를 끌어올리기도 한다.

> 봄눈이 그치고 자작나무 숲에 가보고서야 알았다
> 누군가 노래를 부르며 지나간 발자국마다 풀꽃이 피어나고
> 나무가 솟구치는 속도로 허공이 깊어진다는 것을
> 잔가지 하나 꺾꽂이하듯 당신도 오래 서 있다 보면
> 그 숲에 뿌리내릴 수 있어서
> 그림자도 저리 환한 등으로 눕는다는 것을
> ―「자작나무의 소유권」 부분

위의 시에서 시인은, "봄눈이 그치고" 겨울이 완연하게 지나간 계절에 "자작나무 숲에 가보고서야", 이미 지나간 자의 "발자국마다 풀꽃이 피어"난다는 것을 알았다고 고백하고 있다. 지나간 것의 흔적으로부터 새로운 생명이 피어난다는 것을 말이다. 그런데 왜 자작나무 숲에서 그러한 깨달음을 얻을 수 있었는가? 자작나무 숲에서야 "나무가 솟구치는 속도로 허공이 깊어진다는 것을" 알 수 있기 때문이다. 하늘로 뻗어 올라간 자작나무가 빽빽하게 들어선 숲을 상상해보면 이 진술을 이해할 수 있다. 이곳에서 우리는 자작나무가 그 끝이 보이지 않을 정도로 하늘 깊숙한 곳으로 찌를 듯이 솟구쳐 있는 모습을 볼 수 있다. 그 모습에서 우리는 평평하게만 보이던 하늘의 허공이 깊이를 가지고 있다는 것을 감지하게 되는 것이다. 또한 "자작나무 숲에 오래 서 있다 보면" "잔가지 하나 꺾꽂이 하듯" "그 숲에 뿌리

내릴 수 있"으리라고 생각한다. 어쩌면 그 숲의 자작나무들 모두가 떠나간 자들이 꺾꽂이 하듯 숲의 흙에 접붙여 뿌리내린 것일지도 모른다. 그리하여 자작나무 숲을 **빽빽**하게 채운 "그림자들이 저리 환한 등으로 눕는" 광경을 펼쳐 보이고 있다고 말할 수 있겠다. 무릇 시에서 묘사된 풍경은 서정적 주체의 내면을 형상화한 것이기도 하다면, 저 자작나무 숲 역시 시인의 내면 공간의 모습일 것이다.

그림자가 펼쳐낸 저 숲은 삶과 죽음의 깊이, 즉 허공의 깊이를 드러내면서 눈부시도록 환하게 아름다운 풍경으로 현상한다. "찻잔 그림자 길게 몸을 늘여 기웃거리는 해질녘/ 꽃향기에 데인 상처마다 산국이 활짝 피어있다"라는 「산국여인숙」의 마지막 부분도 이와 마찬가지로 이해된다. 그림자가 드리우는 '해질녘'에야 상처로부터 활짝 피어난 산국의 모습이 더욱더 잘 드러난다. 아름다움의 향기는 해질녘의 그림자 속에서 더 진하게 현현하는 것이다.

시인의 숲은 '당신'의 그림자가 깃든 곳이다. 그러나 현실의 삶은 노동의 고역과 실업의 불안 속에서 살아간다. 그런 이유로 시인의 시는 늘 숲을 향해있다. 「벌레집에 세 들다」는 시인이 상상한 숲에서의 생활을 잘 보여주고 있는 시다. 좀 길지만 아래의 시를 전문 인용하는 것은, 고전적인 풍모를 갖춘 이 시가 이 시집에서 절창에 해당된다고 판단했기 때문이다.

백아산 골짜기 송이버섯 같은 집 한 채
갓 지붕 너머 낮달에서는 짙은 놋그릇 냄새
녹음이 벽지를 겹쳐 바른 이곳이 애초 벌레들의 집이었다니

그들은 날개가 있고 나는 없으니
그들에게 있는 것이 내게는 없었으니
무엇을 담보로 한 계절 묵어갈까 궁리하고 있는데
도랑물 수시로 쌀 씻어 안치는 소리에 문득
내가 당신을 이토록 사랑했었다니, 견딜 수 없이 배가
고파온다

초저녁 비는 자귀꽃잎 사이사이를 적시고
벌레 먹은 배춧잎에 쌀밥 없고 된장 한 숟갈 없으면
그러니까 내가 사랑했던 당신을 데리고
붉은 지네 한 마리 기어 나온다
누가 이 늦은 밤에 싸릿대 질끈 묶어 마당을 쓰는가
잊어야산다 잊어야산다 뻐꾸기도 잠든 밤

주민세와 인터넷 사용료는 내가 낼 테니
전기세는 반딧불이와 정산하시게나
흙 속 어디에 길이 있어 마당을 저리 촘촘 가로지르는지
재산세는 망초바랭이명아주쇠뜨기괴싱아 푸른 잎으로
받으시고
그도 저도 난감하면 이장님 같은 산 그림자에 물리시게
소득세니 물세는 저 들이 알아서 내지 않겠는가
주세도 내가 낼 테니 이리 와서 술이나 한 잔 받으시게
밤마다 날은 새고, 청개구리들 빈 신발 떠메고 어디까
지 가려는지

우리 수일 밤을 그리 동침했으니

도란도란 슬어놓은 알들이 깨어 날 찾거든
칠월 한낮 우주의 가마솥이 펄펄 끓어 넘쳐서
이번 생은 그냥 지나가는 길이니
애써 설명할 필요 없을 것이네
　　—「벌레집에 세 들다」 전문

　'당신'에 대한 그리움이 절절하게 묻어나오는 시다. 시의
맥락을 볼 때, 시인은 당신을 잃은 슬픔을 견디기 위해 "백
아산 골짜기"로 들어와 "송이버섯 같은　집 한 채"에 묵게
되었던 것 같다. "녹음이 벽지를 겹쳐 바른" 그 집은 "애초
벌레들의 집"이다. 그 벌레들과 시인과 차이가 있다면, 벌
레들은 날개가 있지만 시인에겐 날개가 없어 날아갈 수 없
다는 점이다. 시인은 당신에 대한 사랑으로부터 날아갈 수
없다. 그래서 "쌀 씻어 안치는 소리에"도 "문득/ 내가 당신
을 이토록 사랑했었다"는 것을 깨닫는다. 쌀 씻는 소리는
바로 당신과 같이 밥을 먹으면서 생활했던 기억을 떠올리
게 만드는 것이다. 그래서 밥을 먹을 때에도 "벌레 먹은 배
춧잎"에서 "붉은 지네 한 마리"가 당신을 데리고 기어 나온
다는 상상을 하게 되는 것이다. 즉 이 '벌레집'은, 시인이
"잊어야산다 잊어야산다" 주문 외우듯이 잊고자 함에도 불
구하고 당신과 함께 할 수밖에 없는 공간이다.
　하지만 이곳은 저 산 아래 도시에서의 생활과는 다른 유
토피아적 공간임이 곧 드러난다. 도시에서는 「지진에 대한
몇 가지 생각」에서 보았듯이 구획된 공간에서 나눔이 없는
생활을 하면서 살아가야 한다. 하지만 이곳에서는 자연 존
재자들이 모두 내 것, 네 것 할 것 없이 나눔을 행한다. 마을

에서는 국가의 통제 하에 살아야 하지만 이곳은 국가가 없는 곳, 그래서 산 그림자가 이장과 같은 존재이다. 반딧불이는 전기료 없이 밤을 밝히고, 들은 소득세와 물세를 대신 내주며 물과 먹을 것을 제공한다. 그렇게 시인은 "펄펄 끓어 넘"치는 "칠월 한낮 우주의 가마솥"을 같이 경험하면서 이 자연 세계와 수일 밤을 동침하면서 생활하는데, 이 생활을 통해 그는 "이번 생은 그냥 지나가는 길"이라는 통찰을 얻는다. 그것은 자연의 자연성을 체험하면서 얻게 된 깨달음이라고 할 수 있다. 이렇게 시인은 삶과 죽음의 자연성을 긍정함으로써 당신에 대한 그리움을 삶의 길로 승화시키는 것이다.

이렇듯 시인은 당신과 함께 지낼 수 있도록 해주는 벌레 집에서 유토피아적인 삶을 맛본다. 하지만 문명의 세계를 살고 있는 시인과 이 자연 세계 사이에는 거리가 존재할 수밖에 없다. 우선 자연의 언어와 인간인 시인의 언어 사이에는 근본적인 차이가 있다. 시인에 따르면, "우리는 서로의 모국어를 바쁘게 옮겨 심어야" 저 "활활 타오르"(「꽃들의 사생활」)는 꽃들과 소통할 수 있는 것이다. 시인은 취기 또는 상상으로 그 거리를 좁히려고 하지만, 멀쩡한 현실에서는 그 거리가 사라질 수는 없는 일이다. 하지만 그 거리가 강서연 시의 또 다른 서정을 낳는다.

가령, 「모란향기」에서는 그 거리감이 표명되면서 묵직한 슬픔이 발현되고 있다. 시인은 이 시에서 "내 몸에도 한때 모란이 만개했"으나 이제 "꽃과 나와의 거리가 때로는 너무 멀어서" "아무래도 걸어서는 너에게 갈 수가 없을 것 같"다고 고백한다. 그리고는 자신을 "불현 듯 뜨겁게 끓어오르다가/ 시들면 다소곳이 흙이 되는 꽃"으로 비유한다. 그는 이제 꽃의 생명력을 점차 잃어가고 있으며 흙으로 돌아가고 있다고 스스로를 생각하고 있는 것이다. 한편, 「황금 오리」에서 시인은 자신을 유원지 근처 강변에 버려진 듯이 놓여 있는, "물갈퀴 대신 페달"이 달린 '황금오리'와 같다고도 생각한다. 그 오리는 자연의 존재가 아니라 유객을 위해 만들어져 일만 하다가 "겨우 물 밖으로 기어 나와 있"는 존재, "접힌 날개는 녹슬어 허공을 잊었고" "긴 모가지 늘어뜨려 푸른 갈대숲에 숨어 있"는 존재다. 시인은 그러한 존재들과 자신을 동일시하면서 "비상을 꿈꾸"게 되는데, 하지만 이렇게 토로할 수밖에 없는 것이다.

> 공중의 처소들이 미분양된 동절기
> 바닥에 쌓인 처방전은 둥지의 흔들리는 문패다
> 알약이 몸 안으로 들어가면 초인종처럼 벨이 울리고
>
> 늦가을 길을 걷다가 낙엽 하나 들어 올리는 것도 날개를
> 다는 일인데
>
> 팔과 날개를 바꿀 때 잃어버린 나사는 찾을 수 있을까?
> ─「비상을 꿈꾸다」

날개 없는 시인은 새들이 거주하는 '공중의 처소들'에 거주할 수 없다. 하지만 아직 미분양된 처소들이 아직도 하늘에 있는 것이다. 그래서 시인은 그 처소들에 거주하겠다는 꿈을 접지 않는다. 그렇지만 그는 현재 아픈 상태다. 알약을

먹으면서 살아가야 한다. 그래서 그의 지상의 둥지 앞에 걸어놓은 문패는 "바닥에 쌓인 처방전"이다. 그 문패가 흔들리듯 삶은 위태롭게 흔들리고 있어서, "낙엽 하나 들어 올"려 "날개를 다는 일"을 하지 못한다. 이렇게 시인이 날개를 상실한 것은 날개 대신 노동하는 팔을 달았기 때문이다. 그리고 팔과 날개를 맞바꿀 때 "잃어버린 나사"를 찾지 못했기 때문에, 다시 되돌려 팔과 날개를 바꿀 수 없는 상황이다.

이 상황에 대한 뼈저린 인식, 동경의 세계와 병든 자신의 심신 사이의 거리에 대한 아픈 인식은 시인의 시 쓰기를 추동하는 또 다른 동력이 될 수 있을 것이다. 그래서 이 인식을 바탕으로 그 거리를 극복하고자 하는 의지와 욕망이 시인의 다음 시집이 보여줄 세계가 아닐까 짐작해보는데, 이 시집의 또 다른 절창 중 하나인 「고등어 뗏목」의 마지막 연에서 그 극복의 의지와 희망이 표명되고 있기는 하다. 그 연은 "구조 조정의 거친 파도까지는" 헤쳐 나가지 못한, "수심 깊은 지하공장에서 피 묻은 청춘을 무두질하던 김대리"에게 전하는 말로 이루어져 있는데, 그것은 또한 시인 자신에게 하는 말이기도 할 것이다. 이 「고등어 뗏목」의 마지막 연을 인용하면서, 강서연 시인의 다음 작업을 기대하며 이 글을 마치기로 한다.

뗏목이 뒤집혀도 돛대를 다시 꽂아야 한다
소매를 걷어붙이고 젓가락을 깊숙이 찔러 넣어
바다 밑바닥을 힘껏 밀고 나아가다 보면
어느새 눈 그치고 바람도 멎어
그 노인의 뗏목 해안가로 밀려오지 않겠는가

강서연

강서연 시인은 전북 김제에서 태어났고, 2016년 《영남일보》 신춘문예로
등단했다. 『가로수 마네킹』은 그의 첫 번째 시집이고, 2017년 대전문화재
단 창작기금을 받았다.
강서연 시인은 현대문명에 대한 비판적 인식을 바탕으로 풍경을 관찰하
고, 그것을 비유적으로 표현하는 시인이라고 할 수가 있다. 그는 아주 묘
사에 능한 시인이며, 어떤 풍경을 묘사하면서도 그 풍경 속에 내재해 있는
의미를 길어올리는데 탁월한 재능을 발휘한다.

이메일 : sy622_@naver.com

강서연 시집

가로수 마네킹

발   행   2017년 11월 20일
지 은 이   강서연
펴 낸 이   반송림
편집디자인   김지호
펴 낸 곳   도서출판 지혜
          계간시전문지 애지
기획위원   반경환 이형권 황정산
주   소   34624 대전광역시 동구 선화로 203-1, 2층 도서출판 지혜 (삼성동)
전   화   042-625-1140
팩   스   042-627-1140
전자우편   ejisarang@hanmail.net
애지카페   cafe.daum.net/ejiliterature

ISBN : 979-11-5728-256-2 03810
값 9,000원